人形

石兼　章
ISHIKANE Akira

文芸社

一、潮騒

アパートの前の道は墓地へ続いていた。英夫《ひでお》が美子《よしこ》に導かれたのは下のバス通りからなので、翌日初めて知ったのだった。

「そこを先に行っていてよ」

玄関を出ると、彼女は逆の方向を示して言った。

英夫はおや？　と思ったが、低い石段を下りて奥へ進んだ。片側に二軒続く家の先に草地が広がり、中程に墓石が並んでいる。思わず目を凝らしたが、そこは右側の長いブロック塀と左に並ぶ樹木の梢に囲まれている。そして明るい日差しに溢れていた。一帯は小さい山の尾根で、少し先が頂上のようだった。

「どうしたの」

背後で美子が言った。

英夫は軽く笑い足を運ぶ。墓石の中の道がほぼ平らになった時、美子は体を寄せて言った。

「お墓があるのでびっくりした？」

首を振ると、左腕を抱えられた。墓地は半ばになり、短いブロック塀に囲まれた二階家が正面に迫った。先は住宅地のようで、右に別の屋根が低くのぞいている。その連なりに目をやると、美子が左に腕を振った。

「この麓にお寺があるの。古くてかなり有名なのよ」

三基並ぶ墓石の端は急斜面で、樹木の梢が横に続いている。

「ああ……」

しかし寺はもちろん前面のバス通りも見えない。しかし梢の間に遠い家並みが見えた。

「いい眺めだな」

視線を下げると、陽を浴びた市街地と背後の低い山並みが見える。

「本当はここを通るの嫌なの。でも、駅に行く近道だから」

美子は小さく笑った。

「いいよ。どれくらい掛かるの」

「十五分かな……。男の人ならもっと早いと思うけど」

二人はブロック塀を曲がり、舗装した道に出た。そこは坂道の頂上で、先は両側に大きな家が並んでいる。後方は正面の家から空地が続き、横に墓地の石垣が長く延びていた。

「ほら、そこからも行けるのよ。遠回りになるけど」

美子は道の中央に立ち、後方の坂道に腕を振った。それは数十メートル先でアパートの下を通る幹線道路に繋《つな》がっている。

「ああ、そこを右に曲がるんだね」

英夫は左右に通る車に目をやって言った。

「方向感覚がいいのね」

「いや、また来るとき必要だから……」

口元を緩めると、美子は明るく頷いた。

駅は緩く曲がる坂道を下りるのである。そこは左が高い石段で、上に大きな家が並んでいる。その間の空地を指差して美子が言った。

「あそこに家を建てたらどうかしら」

「お金が相当いるだろう」

「どのくらい掛かるかしら？」

「土地だけで一千万、いやその倍だな。それに家が同じくらい掛かる。まあ、高根の花だよ」

「いいわよ、石段上り下りするのにくたびれるから。私も気が進まなかったの」

美子は軽く笑い、英夫は心を軽くした。昨夜、初めて同衾《どうきん》してそれなりの自覚が芽生えていたのだ。

「ああ、買えるようになって考えるか」

「いつの事か分からないけど」

二人は互いの目をのぞき、明るく笑った。英夫は小さな会社を辞めて、故郷から出てきたばかりだし、美子は画家志望の独身女性である。どちらも余裕のある境遇ではないのだ。

「ねえ、あれ」

美子が英夫の腕を引き、前方を指差した。

「屋根の向こうに大きな建物が見えるでしょう、病院なの。駅との中間にあるので、家に帰る目印になるの」

「屋上に看板があるね」

「夜は電気が点くから、遠くからよく見えるの」

英夫は頷き、周囲に目を凝らした。坂道は傾斜がなだらかになり、平らな道が前方を横切っている。そこは手前に家が連なり、行き交う人が見えた。しかし美子は英夫の腕を離さず、体を寄せて歩いていく。そして左の直線の道に入った。

「これがあの病院よ」

美子は右手に続く広い敷地を指差した。

七階建ての建物が道に沿って長く延び、前庭が駐車場になっている。そこは車が一杯で、中央の玄関に人が出入りしていた。

「ここから駅までもうすぐなの」

二人は病院角の交差点で足を止めた。車が行き交う横の道は広いが、行く手は正面の細長いビルと右の家並みの間に狭い道があるだけである。しかしその先は左右が広い敷地の住宅地になり、遠くの道の片側にビルが並んでいる。そして多くの人影が見えた。

ビルは飲食店や事務所等で埋まっている。その先にこちらと同じ狭い道が交差していて、急に人の姿が増えた。駅は一区画先にあり、横は商店街という。

「ちょっと見ていこうか」

英夫が目を向けると、美子は軽く頷いた。

道の両側に様々な店が並んでいる。端のカメラ店と花屋を過ぎると、靴屋や洋品店はもちろん喫茶店や中華料理等の店が続いている。そして大勢の人が歩いていた。奥に魚と肉と野菜の市場があり、混雑は激しくなった。店員の売り声、通行人の話し声……。すべてが活気に満ちている。

「これはすごいね！」

「いつもこうなの。食料品が安いから」

「確かに。この街の人は得だね」

「それにこの後方に大型のスーパーがあるの。それも見る？」

「ああ」

二人は三つの市場を見て引き返し、銀行と洋服店の間を抜けた。擁壁《ようへき》に囲まれた小さな川の向こう側に正面を向けた大きなビルがあり、人が出入りしている。前の広場を過ぎて、上りのエスカレーターに乗ると、美子が横の階段に顎《あご》を振った。

「地下は食料品売り場なの」

そこに軽く目をやり、周囲を眺める。簡素な内装だが人は多い。英夫は故郷と違う賑わいに、新天地の思いを強めた。しかしそのまま各階を過ぎて屋上に出た。

こぢんまりしたスペースに子供の遊具が並び、親子がまばらに遊んでいる。中央を占めるのはメリーゴーラウンドで、馬や食器の乗り物が無人で回っている。

「少し疲れたね」

互いに苦笑して、側のベンチに腰を下ろす。向こうで子供たちが声を上げて走り回り、周りに笑みを浮かべて見守る主婦がいた。

「ああいうの好きじゃないの」

美子が眉を寄せて言った。

「そうだね」

英夫は軽く笑った。自身も同じなので気が合うと思ったのだ。すると彼女の化粧の匂いが鼻をついた。いや、妙な興奮を覚えた。思わず顔をのぞくと、大きな瞳で見つめられた。

「なに？」

慌てて首を振ると、

「なによ！」

美子は手を伸ばして、左腕をつねった。

「なにするんだ。痛いよ」

素早く体を引くと、なお腕を掴もうとする。英夫は手首を取って逆にねじった。

「痛い！」

今度は美子が顔を赤くした。笑って手を離すと、苦笑したまま腕を振っている。

「じゃあ、やってみろ」

逆関節の取り方を教え、腕を差し出すと、手首を取って返された。

「そうそう、いいぞ」

しかし力を入れられ、英夫はベンチに転がった。

「今のはやりすぎだが、痴漢にあったとき役に立つだろう」

「ほんと、簡単なのね」

「しかし非常時しか使うなよ」

体を起こして頷《うなず》くと、美子は弾んだ声を上げた。それから六階のレストランに入った。昼時を過ぎていたが客は結構いる。しかし窓際が空き、急いで座った。

「これからどうするの？」

共に和定食を終えると、美子が言った。

「もう、帰らなきゃあ」

「つまらない。一緒に行っていいかしら」

「いいけど、仕事は大丈夫なの？」

「アルバイトだから自由になるの」

「へえ、気楽なんだね」

英夫は高卒後、ほぼ十年勤めた会社を辞めて故郷に帰り、二年を過ごした。そこで小さな会社を二、三経験して、再び故郷を出たのである。当地を選んだのは、最初の会社時代に知り合った絵描きの森本の誘いで、アパートを確保した。そして他の絵の仲間と共に美子を紹介されたのである。その後、二度会い、昨日アパートの部屋を訪ねた。それからなるようになったが、まだ多くのことを知らない。ただ、自身も一緒にいたいので、口を開いた。

「じゃあ、行くか」

伝票を掴んで頷くと、美子は明るく笑った。英夫は駅で、二人分切符を買った。電車は混んで座れなかったが、肩を寄せて外を眺めるのは楽しかった。やがて山地のトンネルを抜けると、広い海に面した街の中心に着いた。

英夫のアパートは弓形に曲がる海岸の西の端にある。歩くと二十分くらい掛かるが、私鉄の電車とバスがある。

「ねえ、海を見ていきましょうよ」

駅の東口から観光客が多い商店街に出ると、美子が言った。

街は著名な神社や寺が多数あり、年中賑わっている。二人は三日前、その神社近辺を歩いたので、今度は海がいいと言うのである。

「そうだな」

英夫は交差点を渡る人々を眺めていたが、振り向いて頷いた。それは街中を通るより時間が掛かる。しかしこれも初めてで、経験と思ったのである。

海は大通りを真っ直ぐ行く。そしてＪＲのガードを潜ると、大きな鳥居を過ぎて、海岸に達した。広い歩道の下に広がる砂浜に、観光客らしい多くの集団が見える。ただ、風が広い海面を白く波立たせている。しかし歩くのに支障はないので、砂浜に下りた。

集団を過ぎると、美子は水辺に向かう。そしてゴミと海藻の帯を越え、さらに方向を変えた。

「あまり近付くと危ないぞ！」

「大丈夫」

美子は濡れた砂地の端に止まり水際を眺めた。白く砕けた波が勢いよく広がって来る。しかし靴は濡れない。それで少し前に出ると、次は厚みを増し、慌てて下がった。ただ、靴の手前で砂地に消え、次はその手前に消えた。それで再び前に出た。次の波が靴を濡らすかどうか、賭けたのだ。

しかし水際で波が砕けた時、

「もう行くよ」

肩に手が触れ、後方に下げられた。英夫が笑って頷いている。美子は笑みで応じ、砂地を振り返った。波の先端は既に消えている。手前に足跡があるが、前部がやや崩れている。思わず目を凝らすと、英夫も視線を向けたので、体を戻して首をすくめた。

「すみません。何か落とした気がしたので」

「じゃあ、よく探せばいい」

「いえ。もう大丈夫」

軽く笑うと、英夫は砂地を一瞥《べつ》して、前を向いた。しかし何か考えているようである。そして足元を見られたので、美子は言った。

「さっきは子供みたいで、あきれたでしょう」

「いや、可愛かった。しかし靴は濡れなかったか」

「あなたが声を掛けなかったら、濡れたかもしれない」

小さく頷くと、英夫は言った。

「たぶんね。波は急に大きくなる時がある。……しかし何か考えていたの?」

「えっ」

美子は顔を赤くして首を傾げた。賭けは靴を濡らさないのを吉とし、相手は英夫である。それは違う形で叶ったが、濡れるのを恐れた英夫のおかげなのだ。それでとっさに言った。

「あなたのこと。ずっとお付き合いできればと……」

「大丈夫。君を好きだから」

英夫は大きく頷き、美子は頬を緩めた。そして共にやや速足で歩き出すと、希望が湧いてきた。ただ、問題が一つあり、心を重くするのである。しかしまだ先の事と考えて唇を引き締め、昨日の出来事を思い浮かべた。

英夫は夕方バスで来た。停留所がアパートの下方にあり、迎えに行き易いので教えたのである。そして出前の寿司で食事を終え、抱き合った。それから自身が描いた絵やアルバムを見て過ごし、夜はベッドで寝た。今日は昼前に起き、手早く作った食事を終えて、外出したのである。

二人は既に三度会っている。最初は英夫が海辺にアパートを得た時で、森本の仲間が他に二人いた。その時互いを意識し、二度目は美子が仲間の女性とアパートを訪ねた。その帰路、自身の電話番号を教えたのである。二日後英夫が電話して、翌日駅前で待ち合わせた。そして山裾に広がる大きな神社を見たのだった。

その夜、小さな店に入った。そしてテーブル席に向き合って座り、酒を飲んだ。その半ば、美子は顔を寄せ、キスを求めた。横のカウンター席は一杯で、最初からそれとなく視線を向けている。英夫は苦笑して首を振るが、何度も唇を突き出したうえ、目を閉じて顔を寄せた。

「ここではだめだ……」

英夫は声を潜めて頷くが、最後に唇を合わせた。すると一斉に拍手と歓声が上がった。カウンターの客はもちろん、中のマスターも満面に笑みを浮かべている。みな常連客で、二人は一気に受け入れられたのだ。美子は美人と褒められ、ビールや肴の差し入れを受けた。もちろん気分はいいが、何よりの収穫は英夫が応じた事である。いや、あのとき美子は必死だった。年上の上に人間関係のトラブルがあるからで、その解決を期待できるのが英夫である。だからあれは自信になり、昨夜はなお意を強めたのである。しかしこうなると問題の解決が急がれるのだ。美子が思わず深いため息をつくと、英夫の声がした。

「どうかしたの」

頬は緩んでいるが、探るような眼差しである。

美子は顔をしかめて足元を見た。

「砂が靴に入ったの」

「それは歩き難いだろう。そこに坐るところがあるから、砂を出したらいい」

海岸道路の側に小舟が並んでいて、手前に太い丸太が転がっている。周囲に人はいないので、並んで腰を下ろした。そして美子が右のパンプスを裏返してはき直すと、英夫は言った。

「左はいいの？」

「ちょっと躓《つまず》いただけだから」

二人は互いに頷き、海に顔を向けた。遠くに水平線が広がり、上部に雲が山脈のように浮かんでいる。頭上は青空で、沖合から押し寄せる波が白く輝いていた。それは水際で砕けて砂浜に広がる。それが消えると、次の波が現れた。ただ、周りに観光客の姿はなく、背後を通る車の音が大きく聞こえるのだ。

「ここは落ち着くね」

英夫がつぶやくと、美子はピクリと肩を震わせ、赤らめた顔を向けた。瞳にためらいがある。

「なに？」

目を見開くと、首を振りまた海を見る。しかし横顔に思い詰めた表情がある。そのまま目の隅に入れていると、低く頷いて言った。

「実は話があるの」

「うん……」

英夫はなお水平線を見ている。しかし集中して次の言葉を待った。その様子から難題を予想したが、どんな事でも対応するつもりである。しかし再び沈黙が続いた。

美子は懸案の問題を言えなかった。いや、迷いが生じたのだ。しかし英夫は素直に心を寄せている。そして最初から好意を持ったと言う。自身もそうで、こうなる努力を真摯に続けたのである。だから真実を告げて英夫を失う事を恐れた。それで軽く頷いた。

「でも、やめた」

「えっ、どうして？」

英夫は真剣な目を向けた。

「たいしたことではないから」

「だめだ！　言い出してやめるのは」

「ごめん、本当につまらない事なの。気を悪くしたら許して」

美子は小さく笑って立ち上がると、二、三歩海の方へ歩き、両腕を広げた。

「あー、気持ちいい！」

英夫ははぐらかされた感じである。しかし気になるので腰を上げると、美子は振り返った。そしてやや逃げ腰になる。いや、一歩踏み出すと、前方へ走り出した。

「こら、待て！」

素早く捕まえて丸太に戻り、英夫は声を強めた。

「どうしても言わないか」

美子は首を強く振る。そして横に動いて逃げようとした。

「おっと」

英夫は、長い髪の毛を掴んだ。そして手元に引き寄せるとおとなしくなった。しかし隙を見せると体をずらす。その都度髪の毛を引いた英夫は軽く言った。

「いいよ。言いたくなければ」

それはどちらでもいい。ただ、美子が逃げるからそうしたのだ。

「すみません」

神妙に頷くので、髪の毛を放した。そして互いに黙って海を見た。太陽は背後の山に隠れ、あたりに夕暮れの気配が漂っている。美子は仕事に行く時間を思ったが、一瞬である。いや、今週はもう三日も休んでいる。しかしこのまま二人の時間を続けたいのだ。英夫も同じ思いで、眼前の景色をじっと眺めた。

　凪はやんだようで海面は穏やかである。しかし帯状の波が連続して押し寄せて来る。そして砂地に砕けて見えなくなった。それはいつまでも続くが、少しも退屈しない。いや、圧倒的な営みに感嘆するのである。

「でもこの夕焼け、色が薄い……」

「西に山があるからだよ。しかし初めてだからもう少し見ようか」

やがて薄い赤がなお薄くなり、濃い紺色に変わる。すると数か所に小さな光が見えてくる。

「あっ、一番星！」

最も明るい一つに共に目を凝らすと、光はさらに増えてくる。しかしまた風が出て、体が冷える。英夫がやや肩を揺すると、

「今日も一日が終わっていくのね……」

美子が深い吐息をついて言った。

「ああ」

英夫はその口調に切実なものを感じた。いや、強い連帯感を覚えて優しく言った。

「ところで寒くないか」

腕を肩に回して引き寄せると、弾力のある体が脇に密着した。

「ねえ、私たちうまくいくかしら？」

やがて美子は体を小さく動かして言った。

「ああ、いく」

「それならいいけど……」

「なんだ。そんなこと考えていたのか」

顔をのぞくと、大きな瞳が見返してくる。軽く笑うと、輝きが増した。しかし肌は青白く頬も締まっている。歳は三十二歳の自身とそう違わないはずであるが、二十代半ばに見えた。その印象はなお変わらない。英夫は切れ長の目から視線を移して形のいい鼻や小さく開いた唇を見た。それらは卵型の輪郭にバランスよく収まり、美しい。しかし自信のなさそうな表情が続くのだ。

「だから大丈夫」

肩を叩いて腰に腕を下げると、美子は大きく息を吐いた。そして英夫の懐に背中を預けた。

それからどれだけ時間が経ったのか、

「このまま時間が止まってしまえばいいのに……」

長いため息を聞き、英夫は重ねた掌に力を入れた。あたりはすっかり暗くなり、背後を走る車のヘッドライトが時折左右に行き過ぎる。気温は下がり、足元の冷気が増している。

「もう帰るか、寒くなったから」

英夫は美子を立ち上がらせ、軽く足踏みをする。さらに腕を回して背伸びをすると、美子も同じ動作をした。

「腹が減ったろう。途中にいい店があるからそこへ寄るよ」

美子は明るく頷いた。当面の不安は消えたのだ。そして今後は成り行きに任そうと思うのである。それから二人は石段を上り、片側に明かりが続く海岸道路に出た。

大きな明かりはホテルやガソリンスタンドで、飲食店は道路に沿って続く小さな明かりの中にある。英夫は前で振り返ると、散歩で見つけたドイツ料理店のガラス戸を開けた。

「イラッシャイ。オスキナトコロヘドウゾ」

客は誰もいず、白髪で優しい顔立ちの女性が笑顔で迎えた。

二人は縦に並ぶ二つ目の席を選び、英夫は入口が見える位置に腰を下ろした。メニューは馴染みのないものである。しかしワインとパン付きの肉料理にした。

「やはり内装が違いますね」

「しかし落ち着く。ここの経営者の趣味だろう」

店は先程の女性が一人でやっているらしく、ワインを出した後は、奥で物音がしている。

美子は周りの置物や絵に目を凝らし、英夫は全面ガラスの扉の外を見ていた。交通のピークは過ぎたのか、時々ヘッドライトが途切れることがある。すると路面の向こうの海が深い闇に見えた。やがて横の窓ガラスに、料理を運び出す女性が映った。

軟らかく煮込んだ牛肉は塩とチーズの味で、パンとワインによく合う。さらにブドウのデザートとコーヒーが出て、二人は満足した。いや、心のこもったもてなしに感謝したのだ。

「アリガトウゴザイマス」

結局、他の客は来ず、店主に見送られて店を出た。

「おかげで生き返ったね」

「でも、客がいなかった……」

「それでゆっくりできた。あれならまた行くか」

「はい。あっ、車が停まった。客が来たんだ」

駐車場は一台分しかないのである。二人は笑って頷き、顔を戻した。

そこから英夫のアパートまで、五、六分である。再び海側の歩道を歩いて住宅地に入った。突き当りは急な山で、細い道が横に延びている。手前の家並みに沿って行くと、アパートの入口の角に、見慣れた車が停まっていた。

「あれ森本じゃないか。待たしたかな」

英夫が急いで足を踏み出すと、

「待って！」

美子は素早く腕を掴んだ。

問題は彼なのだ。付き合ったのは一年で、半年前から体の接触を断っていた。出会いは絵で、作品を褒めるのはもちろん、頻繁な電話や訪問を受けるので希望を抱いた。いや、指導を受ける内に共に頑張る気になったのだ。しかし、彼に家族がいることを知った。それから待つ日が多くなり、絵にも熱が入らなくなった。利用されたと後悔したが、家を出てアパートを借りた手前、彼のグループに残っていたのだった。

「何だよ」

英夫が振り向くと、赤らめた顔に真剣な表情を浮かべている。そして後方に強く引っ張るのだ。そのまま前方を見ると、車のドアが開き、森本が出てきた。すぐに急ぎ足でやって来る。そして緊張した顔が正面に立った。

「やあ、いつ来たんだ」

英夫は明るく頷いた。三日会ってないので用事で来たと思ったのだ。

「なんだ。やっぱりそうだったのか！」

森本は英夫を無視して、背後の美子に声を強めた。

慌てて振り向くと、彼女は硬い表情で横を向いている。

森本は横に移動して、美子に迫ろうとした。

「何とか言えよ！」

「ちょっと待てよ」

英夫は軽く間に立った。その様子から事情はおよそ分かるが、放っておく訳にはいかない。

いや、美子を守ると決めて言った。

「外ではなんだから、中で話をするか」

三人はアパートの外階段を上り、英夫の部屋に入った。

「こいつは俺の女だったんだ。ひどいよ！」

畳に向き合って座るなり、森本が美子に顎を振って言った。

「ふーん、それで？」

英夫は挑発的に言った。美子と親密な仲になったからには、その経緯《いきさつ》を聞いておきたいのである。

「とにかく裏切りだ。人が信じられなくなった！」

森本は目を光らせて美子を見ると、英夫に顔を向けた。

「それにあんたもだ！」

「そうか」

英夫は森本を睨《にら》んだ。裏切りの非難は心外である。初めて彼女を紹介された時や、その後の交流も二人の関係を想像させるものは何もなかったのだ。それに美子は最初から好意を目で示してくれていた。

「じゃあ、俺は後だから身を引くよ。二人で話したらいい！」

英夫は素早く腰を上げた。

「だから席を外す。邪魔だろうから」

するとと森本が慌てて言った。

「いや、いいよ。三人で話した方がいいんだ」

「そうよ。お願い」

美子も哀願するように英夫を見た。

森本には妻と二人の子供がいた。住まいは郊外の団地で、運送会社に勤めながら絵を描いている。英夫は初めて当地に来たとき、一晩泊めて貰ったのだ。美人の妻と可愛い子供に囲まれた生活は、失業中の英夫には羨ましかった。美子を紹介された時も絵の仲間の一人と聞いたし、むしろ交際を勧める口振りだった。それは新しい土地で目標に集中しようと考えた英夫には、おせっかいのように思えた。しかし手厚い親切に大いに感謝していたのである。

「私たち、もうずいぶん前からうまくいかなかったじゃない！」

美子の甲高い声に、英夫は我に返った。すると森本が激しく応じた。

「そんなことじゃない。信義の問題だ」

「でも、嫌になったんだから仕方ないじゃないですか！」

「うるさい！　お前は俺の顔に泥を塗ったんだぞ」

そこまで聞けば十分である。

「ちょっと待って！」

英夫は心を決めて、二人を見た。

「いずれにしても彼女の気持ちが先だろう。ねえ、君はどうなんだ」

「私はもう別れたいのです」

「じゃあ、簡単だ」

英夫は強く頷くと、森本に顔を戻した。

「俺が彼女の面倒を見る。いや、結婚する。どうだ！　これで文句はないだろう」

結婚はその場の勢いである。しかし森本は悔しそうに目を伏せた。英夫がじっと見つめていると、

「分かったよ！」

紅潮した顔で立ち上がり、荒々しく部屋を出ていった。

残った二人は顔を見合わせて小さく笑った。しかし美子は目を伏せた。望外の展開であるが、心苦しくもある。そのまま畳の目を見ていると、優しい声がした。

「まあ、仕方ないよ」

「ほんとにすみません……」

頭を深く下げて顔を上げると、間近に英夫の顔があった。そして肩を抱き寄せられる。さらに唇を重ねて、押し倒された。

「心配しないでいい」

耳元で強い声がした。美子は目を閉じたまま頷く。すると乳首に快感が走った。それは腹部から太腿に下がり、再び戻ってくる。途中で止まり、快感が増した。

しかし不意に体は離れ、足音が遠ざかる。目を開けると、戸口で二つ音がして、英夫が現れた。部屋の戸締りをしたのだ。しかし不安な表情をしていたのだろう。横に座って言った。

「大丈夫。今日から俺が付いてる」

また体を倒され、唇を塞《ふさ》がれる。それからブラジャーが外れ、乳房に指が触れた。その後、布団が敷かれ、足首からパンティが離れた。いや、美子はいつの間にか身に何も着けていなかった。しかし少しも寒くない。そして体を大きく反らすと、英夫が重なった。


翌日、英夫は美子のアパートへ移る事に決めた。互いの親密さが増したせいもあるが、海辺のアパートは風呂がなく、遠くの銭湯に行く必要があったからである。

来て間もなくだったため、大した荷物はない。布団や簡単な炊事道具は隣の住人にやり、衣類を詰めたスーツケースとギター一本を両手に持った。

「俺はこうして田舎から出てきたんだ」

「でも、ギターを弾くとは思わなかった」

昨夜、共に過ごした美子が笑って言う。

「格好だけだ。本当はこれから練習するつもりだった。一人で過ごさなければいけないと思っていたから」

「ごめんなさい。こんなことになって」

「いいよ。これも面白そうだから」

英夫は女性と暮らすのは初めてである。それは故郷を出た目的と違うが、それも経験と思うのだ。いや、新しい世界が開けて嬉しいのである。

美子も心が弾んだ。ただ、不安は少しある。自身の事はまだ何も知らせていないのだ。しかしうまくいく予感がするのである。そして電車を乗り継ぐ三十分ばかりの道程も、あっという間に過ぎて最寄りの駅に着いた。

「商店街は今日も賑わっているね」

「何か買っていきますか」

「荷物があるから、このまま帰ろう。買い物は近くでもできるだろう?」

「ええ、昔ながらの店があります」

駅前に並ぶビルの前を過ぎると、人の姿は急に少なくなる。英夫はギターのケースを提げ、キャスターの付いたスーツケースを押している。紙バッグ一つを持つ美子はときどき押すのを手伝い、昨日歩いた道を逆に進む。そして病院の側を通り、坂道に並ぶ家並みの中に入った。それから細い通路に曲がり、墓地の端に立った。

「あー、ここまで来るとほっとする」

日差しの中を歩いた英夫の体は汗ばんでいる。そこでネクタイを緩めると、

「おかしいわ。墓地なのにほっとするなんて」

背後で美子が軽く笑った。

「しかし本当にほっとしたんだから仕方ない」

英夫はギターのケースを反対側の手に移すと、振り返って言った。

「家が近くなったということだ。およそ十五分歩いたから」

「そうね。私も汗かいちゃった」

美子はブラウスの第一ボタンを外して、笑みを浮かべた。二人で同じ事ができたのはもちろん、英夫がアパートを家と言ったことや、墓地を気にしないのが嬉しいのである。そしてこの縁はうまくいくと確信したのだ。

「よし。じゃあ、行くよ」

英夫は前を向くと、大型のスーツケースを押えて慎重に下りていく。

「はい！」

美子は声を弾ますと、足を大きく踏み出した。

二、幼年

日曜日の朝、子供の声が路地に響いている。ラジオが八時半を告げると、頭上の襖が強く叩かれ、母の声がした。

「かずお、起きなさい！　もう、みな遊んどるよ」

部屋に入り、隣のガラス戸を開けた。親の布団を上げるのだ。そしてこちらの戸を開けると、隣の妹の布団を畳に強く打ち付けた。顔に風が当たり、和夫は急いで体を起こした。

「そんなにせんでも起きるよ」

「はは、顔を洗うて、ご飯は一人で食べんさい」

先にトイレの窓から、路地を見ると、ゴム飛びに興じる妹がいた。向かいの玄関先では、男の子がビー玉で競い、側で弟が見ている。和夫は首を振ると、台所に行った。顔を洗い、卓袱《ちゃぶ》台《だい》でご飯とみそ汁をよそう。新聞を見ながら食べ終わるころ、

「おーい、吉永君」

門口に大原君の声がして、玄関の式台に、顔をのぞかせた。

「まだ飯食っとるんか」

「もう済んだ。着替えるから、ちょっと待って」

隣の六畳に入ると、

「大原君、早いねえ」

裏庭で布団を干していた母が言った。四畳半の襖と裏のガラス戸が開いているので、姿が見えるのだ。

「おはようございます」

大原君は明るく応じ、母は隣のおばさんと話し始めた。ガラス戸越しに後ろ姿が見える。しかし黙って玄関に出て、運動靴をはいた。

門を出ると、弟が笑顔を向けたが軽く頷き、バス通りに出た。向こう側の一画に、住宅が建てられている。近付くと大工さんに叱られるが、今日は休みのはずである。それで見に行く約束をしたのだ。しかし金槌の音に、二人は顔を見合わせて角の空地に出た。横の路地に、屋根と柱だけの家が二列並んでいる。その三番目に、大工さんの姿が見えた。

二人は何か探す振りをして、前に進んだ。右手と前方に桑畑があり、茂みから、数人の男の子が顔を出した。隠れん坊をしているのだ。それがまた茂みに消えると、左に視線を向けた。大工さんは三人いる。床と壁板を貼っていたが、外でタバコを吸い始めた。材木に腰を下ろした顔が、柱と壁に一部隠れたので、二人は角の家にそっと入った。

「意外と小さいな」

コンクリートの基礎と、柱に囲まれた部屋はとても狭く見える。しかし四畳半と六畳の二間に、三畳の居間と台所がある。玄関が奥にあるだけで、和夫の家と同じだった。角の深い穴はトイレである。二人が薄く笑い、外の木枠に戻った時、大工さんが立ち上がった。

「あ、逃げろ」

和夫は地面に飛び下り、大原君も続く。咎《とが》める声はないが屈んで桑畑に走り込むと、中を大きく回って、住宅の端の水田に出た。それはバス通りの先に続き、和夫の家がある住宅地を、横に囲んでいる。

「今度はダブに行ってみようか」

二人はその石垣の角で頷いた。水田の向こうになだらかな山並みが続き、左端に奥の山並みが遠くのぞいている。その中央の山裾に溜池がある。和夫も同感なので、端の用水を渡り、上の野に出た。横の山は奥に延びて、中央の山と細長い谷間を作っている。やはり水田が広がる野は下流に続き、遠くに低い山が横に延びていた。

足元を右の山からの側溝が横切っている。二人はその石橋を渡り、下流へ真っ直ぐ延びる道を進んだ。側の水路に、メダカやアメンボウが見える。底にドジョウがいたが、草の茎でつつくと、泥を跳ねて隠れた。

「こっちから行こうか」

別の水路が右から合流する場所で、大原君が頷いた。そこは畦道が広く、前方に葦の茂みが広がった。手前の草地を抜けて、畑に出ると、四角い水面が見えた。中央の畦道で二分された右側は枯れた稲が低く残っている。左は溜池で、横の岸に三角形の土塁が小高く盛り上がっていた。

正面の、土が露わになった急斜面が中央の山である。やはり麓に山水の側溝があり、手前に右の池に接する水田がある。その水路と中央の畦道に、四、五人子供がいて、水遊びをしていた。

二人は土塁の斜面に上がった。高さは二メートルくらいで、皆が歩くところ以外は草に覆われている。その上段に腰を下ろし、水面を見た。岸辺に水草が浮かび、中央の左右に、古びた木の杭が一本ずつ立っている。水上をトンボが飛び交い、小さな水の輪がときどき広がる。

「竿を持って来たらよかったね」

和夫が顔を向けると、大原君は首を振った。ミミズが嫌いで、釣りは苦手なのだ。それで水辺の子供たちに目をやると、大原君が強い声を上げて立ち上がった。慌てて視線を戻すと、

「大きい魚がおった。あの杭の左側じゃ」

顔を赤くして、右に顎を振る。和夫も目を凝らしたが、青く濁った水が見えるだけである。

「これくらいあったよ」

両手の幅は一メートル近くある。思わず目を見張ると、声を高めた。

「あれはダブの主だよ。前にも一度見た事がある」

和夫も立ち上がるが、それらしいものは見えない。ただ、横が二十メートル近くある池の大きさと水の色で、そう思うのだ。そしてなお周囲を注視して首を振った。

「そのうち見れるよ。あれは忘れたころに、また姿を見せるんじゃ」

大原君は頷き、和夫は岸辺に下りた。水面を見ながら右に歩き、小さな水田に曲がる。その

畦道から水中をのぞくが、上部に浮かぶ小魚が見えるだけで、苦笑して引き返す。

「じゃあ、向こうへ行ってみるか」

大原君が子供たちに顎を振り、山水が流れ込む水路に行くと、メダカの群れが泳いでいた。子供たちは手で追ったり、網を持って池に入り、小ブナなどを捕っている。二人は側を通り過ぎると、中央の畦道に入った。区画を二分するそれは先に行くほど土が緩く、運動靴が埋まる。和夫は裸足になり、右の水中に入った。そして小魚を追っていると、ススキの茂みに弾んだ子供の声がした。手前の畑に現れたのは、同じ路地に住んでいる遊び仲間である。

「おーい、何かおるんか？」

土塁の下で森山君が言った。和夫の家の斜め後ろの中学生で、皆のリーダー格である。笑って首を振ると、大きく頷く。

「じゃあ、いっしょに来いよ。ターザンごっこをするから」

皆も頷き、急斜面の山に歩いていく。さらに水辺の子供たちにも声を掛けたので、二、三人が動き出した。和夫も大原君に頷き、靴を持って正面の山に向かった。

麓は土砂が溜まっている。急な斜面は数か所に縦の溝と、横に狭い足場がある。そこで二手に分かれて鬼ごっこをするが、映画のターザンに似ているので、名前を付けたのだ。

集まったのは十三人で、森山君がバランスを考えて、六人と七人に分けた。和夫と大原君は前者で、リーダーは森山君である。そして後者のリーダーとジャンケンを始めた。

「よし、逃げるぞ」

森山君が勝ち、六人は斜面に向かった。土砂を少し滑りながら上ると、急斜面になった。最初は同じ窪みや溝を伝うが、上は難コースを選ぶ。和夫が急斜面を上って、大きな岩の上に回り込むと、

「吉永君、待ってよ！」

大原君が下で弱音を吐いた。初めの狭い足場を攻略できないのだ。

「それなら、そっちへ回れよ」

横の広い溝を指差すと、下方で追手が斜面に取り付いた。やはり同じルートを分散して来るが、緊迫感が増すのは中腹から上である。進路が限られるからで、その時はわずかに生える木の枝を利用して、横や上に逃げるのである。

「やられた」

下方にいた仲間に続き、和夫の下の大原君が捕まった。二人は麓に下りて捕虜になる。全員が捕まると攻守を替えるが、捕虜を救出すると、最初からやり直す。しかし仲間は数を減らし、森山君も捕まった。和夫は最後に急斜面を横に逃げた。しかし前方で待ち伏せされて決着がついた。そして七人が山に上がった。和夫は下から急斜面に追い詰めて、二人捕まえた。そして再び逃げる番になり、斜面を高く上った時、

「おーい」

遠くでかすかな声がした。三百メートル近く離れた野の端で、しきりに手を振る人がいる。皆は何事かと目を向けたが、

「あっ、母ちゃんだ」

和夫の横にいた治君が、顔を赤くして言った。

「午後から用事があったんじゃ。もう帰るよ」

慌てて斜面を下りるので、皆は顔を見合わせた。

「もう昼か」

「そういえば、腹が減ったのう」

森山君が頷き、皆も山を下りた。ダブの横を通って、直線の道に出ると、遠い石橋の上に治君の母親が見えた。

「今日は、午後から親類へ行くちゅうたろうが！」

先に着いた治君は、母親に頭を叩かれた。そのまま腕を引っ張られて振り向き、顔をしかめた。そして石橋の向こうへ消えた。皆は軽く笑い、少し遅れて短い坂道を上った。

石橋の先に山裾の道がある。しかし親子は笹が茂る横の斜面を下りていく。下は用水で、コンクリートの向こう岸に住宅地に通じる道がある。上流の木橋より、近道になるのだ。用水は丁度取水を止めている。皆もそこを選んで、上の畦道に上がった。

「じゃあ、後で行くよ」

腰の高さに伸びる稲の間を抜けて住宅地に上がると、大原君と別れた。家は続く路地にあるが、大原君は右の家並みに住んでいる。

「兄ちゃん、どこ行っとったん」

皆の後から路地に入ると、四歳の弟が走って来て笑みを浮かべた。自宅の前で女の子が石蹴り遊びをしている。それを見ていたのだ。手を繋《つな》いで自宅に近付くと、

「かずおちゃん、いっしょにやる？」

文ちゃんが笑顔を向けた。板塀に背中をつけて、順番を待っていたのである。

「ダメ。兄ちゃんは下手だから」

中で石を蹴っていた妹が振り向いて言った。

「一生懸命やらんだけじゃ。そんなのやるか！」

軽く睨んで弟の手を引っ張ると、文ちゃんは眉を寄せて目を伏せた。しかし黙って前を通り過ぎる。

「今度は、私じゃろう」

大きな声に振り返ると、文ちゃんがスタートラインに立っていた。こちらを見て小さく笑うと、石を蹴り、片足で前に進む。そしてまた石を蹴った。地面に描いた大きな長方形の中に小さな区画がある。そこを順に進んで引き返し、早く戻った者が勝ちになる。文ちゃんは三つ目も通過した。しかし妹が顔を向けたので、踵《きびす》を返した。

「もう、ご飯だよ！」

後ろの家から声がした。

「すぐ帰る！」

素早く応じたのは森山君の妹の恵子ちゃんである。すると他の家からもご飯を告げる声がして、子供たちが返事をした。その姿が消えると、文ちゃんは妹と顔を見合わせた。家は和夫の前隣であるが、両親が街で店をやっているので、家事は姉の明《あき》ちゃんがしている。まだ支度が出来ないのか、呼ぶ声がしないのだ。しかし弟を促《うなが》して門を入った。

「おお、丁度いい時に帰って来るのう」

玄関の式台に上がると、卓袱台に茶碗を並べていた母が、笑って言った。妹は文ちゃんとまだ外にいる。

「ふみこ！」

やっと前のガラス戸が開き、明ちゃんの声がした。


昼食後、妹は母と流しで食器を洗っている。和夫は六畳の部屋で弟の相手をした。玩具の汽車や自動車を、畳の上で走らせるのだ。

「みちこちゃん、いる？」

居間の出窓の方から文ちゃんの声がした。

妹は明るい返事をすると、居間に移動して外をのぞく。そして大きく頷くと、

「ちょっと、行ってくる」

母に声を掛け、玄関を飛び出した。母は不満を漏《も》らしたが、用事は片付いたようで、部屋に入ってきた。そして弟の相手をしたので、和夫は腰を上げた。

「大原君の家に行ってくる」

「暗くなるまで遊んじゃいけんで」

軽く頷いて家を出ると、前の庭に妹と文ちゃんが立っていた。家の壁に取り付けた鶏小屋の側に、明ちゃんがしゃがんでいる。思わず足を止めると、文ちゃんが顔を向けた。

「かずおちゃん、どこ行くん」

妹が振り向き、明ちゃんも顔を上げた。和夫は小さく笑い、首を傾げる。

「じゃあ、こっちへおいでよ」

文ちゃんがまた言ったが、二歳年上の明ちゃんが気になる。そっと目を向けると、明るく頷くので、急いで前方の門を回って側に行った。明ちゃんは石に置いたアサリの殻を、金槌で叩いている。

「なんじゃ、餌を作っとるん」

声を上げると、低く頷き、残りを砕いた。貝殻は横の地面に小さな山を作っている。それを一つずつ処理していたが、金槌を置き、手を振った。

「じゃあ、やってあげるよ」

和夫は場所を替わり、金槌を手にした。しかし力が入り、貝の破片を横に飛ばした。

「お兄ちゃん、もっと静かにやってよ」

妹が顔をしかめ、次は端から細かく砕いていく。しかし五、六個処理すると、腕が重くなる。

苦笑して金槌を止めると、文ちゃんが笑って手を差し出した。

和夫は場所を譲り、立ち上がった。砕いた貝殻は、明ちゃんが大きなガラス瓶《びん》に入れている。

それは半分の量をこえていた。

「たくさん作るんじゃね」

「一度に作っとったら楽じゃから」

明ちゃんは顔を上げて、頬を緩めた。金網の中で三羽がしきりに地面を突《つつ》いている。貝殻は入口の内側の餌箱にある。横に吊るした針金の輪に、草の茎がわずかに残っていたので、聞いた。

「ひずるは、あるん?」

「もうないから、後で採りに行こうか?」

明ちゃんは明るく頷き、二人にも目を向けたので、文ちゃんと妹は笑って頷く。和夫は大原君との約束が気になったが、家に戻った。

「なんじゃ、山に行くんか」

母は弟も加えるように言うと、二つの買い物籠を渡してくれた。新しい方を妹に持たせて、門口で待っていると、明ちゃんと文ちゃんがやはり買い物籠を提げてやって来た。

ひずるは道端に生える雑草であるが、殆どの家が鶏を飼っているので、路地にはもうない。それで用水を渡り、小高い野に行くのだ。しかし途中で採りながら、野の端に出た。そして直線の道から、右の広い畦道に曲がった。そこはひずるが多くあるのだ。三人はあたりに散らばったが、和夫は弟を連れて先に行き、周囲を探した。

「もう、休もうか」

明ちゃんの声がしたので、弟と畦道を引き返した。

「どれだけ採れた？」

みんなは山側の広い場所に集まり、買い物籠を見せ合った。文ちゃんと妹は半分より少し多いが、明ちゃんは縁まで入っている。和夫は七割程度なので、苦笑して籠の口を広げた。

それから三人は弟と共に輪になって坐った。和夫は横の水路を見ながら少し離れた。女の中に入るのは恥ずかしいのだ。

「なにしてるの！」

文ちゃんが大きく手招いた。

「歌を歌うんだから来てよ」

和夫は周囲を見ながら引き返した。野には他の子供もいるので、視線が気になるのだ。すぐに『お馬の親子』が始まり、目を伏せて側に行く。しかし妹と文ちゃんの間に少し離れて腰を下ろしたのは、歌が終わった後である。

「今度は『チューリップ』よ」

妹の声に、三人はまた歌い出した。

さいた、さいた、チューリップの花が、
並んだ、並んだ、赤、白、黄色……

弟はときどき口を合わすが、三人は声を揃えて大きく歌う。

「かずおちゃんも、歌いなさいよ」

終わると、正面の明ちゃんが強く頷いた。途中で何度も目配せされたのだ。

「そうよ。歌わないとダメ」

文ちゃんも声を強める。ただ、葦の茂みから数人の子供がこちらを見ている。しかし次の『ちょうちょ』で、やっと声を出した。そして全員でまた『お馬の親子』を歌うと、子供たちが隣の畦道をこちらを見ながら通り過ぎた。それで歌は止めたが、女三人は何となく高揚している。そのせいか、文ちゃんが目を大きく動かして言った。

「何か面白いこと知らない？」

「じゃあ、ダブに行こうか」

和夫は瞳を輝かして言った。野に来ると、必ず寄ってみたくなるのである。

「ダブ?」

三人は眉を寄せて、顔を見合わせた。

「こんな魚がいるんだよ」

両腕を広げても、興味を示さない。和夫が苦笑すると、明ちゃんが言った。

「じゃあ、帰ろうか」


路地に面した家の鶏小屋である。板張りの壁を利用したもので、数はやはり三羽いる。妹と弟が金網からひずるを差し込むと、競って嘴《くちばし》を寄せた。和夫は一握りを針金で縛り、金網の内側に吊るした。

「よう食べるね」

新鮮なのが分かるのだろう。勢いよく突くので、二人は笑顔で見ている。和夫は軽く頷いて門を出た。遅くなったが大原君の家に行く事にしたのだ。そしてやはりしゃがんで鶏を見ている明ちゃんと文ちゃんに気付いた。

「よく食べる?」

声を掛けると、振り向いて明るく笑った。金網に、ひずるの束が吊るしてある。頬を緩めて行きかけると、文ちゃんがまたどこへ行くかと、目を見開いた。

「ちょっと用事……」

和夫は小さく笑い、バス通りに出た。

四、五日、雨が降り続いている。学校から帰って一息つくと、和夫は外をのぞいてため息をついた。初日は漫画を読み、翌日は大原君の家で将棋をした。三日目は森山君の家で、やはり将棋をした。しかし毎日よその家に上がり込む訳にはいかない。昨日は傘を差して野に行ったが、面白くなかった。路地の家は平均して三人の子供がいる。そしてみな家にいた。しかし妹は、今日も文ちゃんの家に行った。部屋では弟が昼寝をするので、母が横であやしている。和夫は四畳半で、漫画を読み始めた。
「兄ちゃん、ちょっと来てよ」

弟が眠り、母が台所に立ったとき、妹が玄関の戸を開けて言った。

とっさに指を口に当てて頷くと、式台に両手をついて、遊びに来るよう小声で言う。

「何をするん」

「ままごと遊び」

妹は顔を少し赤くした。和夫は眉を寄せたが、低く頷いた。

「じゃあ、早く来てよ」

妹がほっとした顔で出ていくと、段ボール箱に漫画をしまった。

雨は小降りになっている。傘を差さずに、前の家の玄関まで走った。

「こっちよ」

文ちゃんに続いて、四畳半に入ると、妹と明ちゃんが明るく笑った。中央の卓袱台に、木の葉と小石で作った料理がいくつか並び、間に紫陽花の花が飾られている。

和夫は庭に面したガラス戸を背にして座った。父親役なので、ただ待っていればいい。左手に母親役の明ちゃんが座り、子供役の妹と文ちゃんが、正面と右手にいた。

「では、ご飯にしましょう。お父さんお祈りして下さい」

明ちゃんが頷いて、和夫を見た。

「えっ……」

「外国の映画でやるでしょう。天にましますす我等の神よ……。あのお祈りよ」

「でも、よく知らないよ」

「じゃあ、教えてあげる」

明ちゃんは祈りの言葉を完ぺきに続けると、最後にアーメンで結んで顔を上げた。しかしそんな習慣はないし、第一恥ずかしいので、顔をしかめて言った。

「そんなに覚えられないよ」

すると妹と文ちゃんが小さく笑った。しかし明ちゃんは熱心に頷くので、似たような言葉を連ねて、アーメンで締めた。それから料理選びになり、文ちゃんが和夫の前に小皿を出して言った。南天の葉が三枚のっている。

「これはお魚です。どんな味がしますか」

一枚を箸でつまみ、食べる真似をした。何の魚か説明しなければいけない。

「これはメダカです。メダカの味がします」

真剣な顔を上げると、三人はどっと笑った。

「じゃあ、これは？」

「カエルの塩焼きです」

三人はまた明るく笑う。しかし次に「蛇の刺身」と答えると、顔をしかめて首を振った。和夫は頭をかき、今度は酒を飲むことになった。明ちゃんが酌をし、飲んだ振りをすると、妹が言った。

「兄ちゃん、酔っぱらってみてよ」

和夫は苦笑して首を振る。しかし文ちゃんが手を叩くし、明ちゃんも笑って頷くので、その気になった。

「はい、お父さん。もう少しどうぞ」

一口飲む毎に表情を緩め、上体を大きく揺らすと、文ちゃんは声を高めた。

「うわー、だんだん酔ってきた。顔が赤くなったわ」

和夫は目を半眼にすると、突然、文ちゃんに両腕を伸ばした。

「酔っぱらいじゃあ！」

すると顔をしかめて後方に逃げたので、反対側の明ちゃんに腕を向けた。

「いや！」

やはり顔をしかめて、後方に下がる。和夫はその前を通って、妹に近付いた。

「だめよ、兄ちゃん！」

妹は慌てて右へ逃げる。そして卓袱台を一周し、文ちゃんと明ちゃんに合流した。三人は隣の六畳へ逃げる。和夫は動作を少し遅くした。しかし方向を次々に変えると、喚声を上げて逃げ回る。ときどき指先が背中や肩に触れ、声は一際大きくなった。

「こら、喧《やかま》しいぞ！」

不意に裏の出窓が開き、母の声がした。外を見ると、大きな目で睨み、首を振る。皆が肩をすくめて四畳半に戻ると、卓袱台は横に移動し、料理があちこちに落ちていた。

「じゃあ、トランプをしようか」

みな片付けて、明ちゃんが言った。皆は畳に座り、七並べをした。それぞれが手持ちのカードを順番に出していく。しかし和夫は首を振った。二度パスをしたが、今度も続くカードがないのだ。

「次は、兄ちゃんの番よ」

妹に促されて、またパスをした。いよいよ後がない。

「じゃあ、助けてあげようかな」

明ちゃんがちらりと目を向けてカードを出した。しかしそれも役に立たない。次の二人がパスしたので、苦笑してトランプを場に並べた。

そして次に文ちゃんが首を振り、トランプを投げ出した。それから妹と明ちゃんが争い、明ちゃんが勝った。

「じゃあ、みんな手を出して」

罰はしっぺである。妹の上に文ちゃんが手を重ね、さらに和夫がのせた。それを明ちゃんが手で叩くのだ。しかし寸前で手を引くことができる。だから三人は緊張して、その瞬間を待った。

「あ、ずるいよ」

和夫が早く動いたので、文ちゃんが睨んだ。一番上と変わらなくなるからだ。結局、和夫が手を叩かれたが、次からは負けても二番手か三番手になった。そして勝ってしっぺをする時は、素早く上を叩いた。

「吉永君、いる?」

自宅の玄関前で、大原君の声がした。急いで立ち上がると、傘を差した後ろ姿が見えた。

「ここだよ」

ガラス戸を開けて呼ぶと、振り返り恥ずかしそうに笑った。横に文ちゃんもいたのだ。

「本を持って来た」

大原君は肩から下げたカバンを軽く振った。それは先日買った漫画で、読んだら貸してくれる約束だったのだ。

「いま行く」

大きく頷くと、文ちゃんがここに呼んだらとささやいた。しかし早く漫画を見たいので首を振り、家に帰った。それは子供ライオンとその仲間が、ジャングルで活躍する物語である。絵は上手だし、多くがカラーなので、なお楽しかった。

「面白いなあ」

顔を上げると、大原君は笑みを浮かべた。横で和夫の漫画を読んでいるのだ。やがて母が襖を開けた。

「ちょっと買い物に行ってくる」

大原君にも笑って頷くと、弟を連れて出ていった。

翌日は、久しぶりの快晴である。しかし学校から帰ると、小ライオンの漫画を開いた。大原君に返す前に、もう一度見たかったのである。

「和夫ちゃん、いるか?」

しばらくして門口に森山君の声がした。返事をして出ると、釣竿を手にして言った。

「ダブに、フナを釣りに行かないか」

「ああ。じゃあ、ちょっと待って」

急いで裏庭に回る。物置から釣竿と小さいバケツを取り出して戻った。

「餌は、何にするん」

「ミミズでよかろう」

「じゃあ、空き缶を持って来る」

ミミズはバス通りの側溝にたくさんいる。二人が園芸用のスコップを使っていると、路地の向かいの家の治君が、釣竿を持って出てきた。

「いっしょに行ってもいい？」

後ろに妹もいる。そして和夫の弟も出てきたので、二人を連れて行く事にした。

ダブは水嵩《かさ》が増えている。中央の畦道はほぼ冠水しているが、数人の子供が水路と池に入っている。そして網を持つのが二人いた。

「今日は、釣れるかな……」

治君が濁った水面を見て眉を寄せた。全面にさざ波が立っているし、人も入っているので、和夫も首を傾げた。

「こんなとき、大物が釣れるんじゃ」

森山君は誘った手前があるのか、強く言う。

「まあ、やってみるか」

和夫が頷くと、森山君は先に進み、足元にミミズの缶が入ったバケツを置く。治君は後ろに戻ったので、和夫はその場にバケツを置いた。

それぞれ針にミミズを付けて、前に投げる。水は岸から急に深くなっている。その中程に互いの浮きが頭をのぞかせた。和夫は「ダブの主」を気にしたが、二メートル足らずの竿では無理である。それに浮きも、たまに弱く動くだけなのだ。痺れを切らして糸を上げると、針にわずかに残ったミミズが付いていている。

「兄ちゃん、向こうへ行っていい？」

横で見ていた弟が、水路で遊ぶ子供たちを指差した。一向に釣れないので飽きたのだ。

「深い方へ行ったらダメだよ」

「うん。じゃあ、行こう」

弟は治君の妹と共に側を離れた。次に急いで竿を上げると、またわずかにミミズが残っていた。当たりはかすかにある。しかしそれが何度か続くのだ。

「釣れんのう」

森山君も竿を上げて首を振る。やはり同じ状況なのである。

和夫は頷いてミミズを付け替えた。成果があるのは治君で、小さいフナを二匹釣っている。

それで右側に針を落とし、左へゆっくり動かすと、浮きが深く沈んだ。手首を返して手前に引くと、白い影が水中に見えた。

「あっ、大きいぞ」

森山君が声を弾ませた。獲物を空中に引き上げ、横に落とす。それは十センチをこえるフナで、上下に大きく跳ねた。

「早よ、早よ」

森山君が水を汲んだバケツを側に置いた。針を外して入れると、窮屈そうに沈み、えらを静かに動かした。

「大きいのう。こっちも負けられん」

森山君は顔を赤くして持場に戻った。和夫は再び糸を垂れたが、当たりは全くない。

「もう、やめようか?」

竿を上げて笑うと、森山君も頷いた。釣果は小さいフナが一匹なのだ。

「やめるんか！」

治君もすぐに竿を上げた。バケツに、小さいフナが三匹入っている。

三人は土塁に竿を置いて、山水が流れ込む水路に行った。子供たちに混じって弟や治君の妹が遊んでいる。和夫は中央の畦道で裸足になり、溜池に入った。底は硬く、泥がわずかに足に触れる。ふと水中に黒い実を見付けて手に取った。菱型の両端に鋭い棘《とげ》があり、長い茎の先に大きな葉を付けている。よく見ると、同じ葉が水中にたくさん沈んでいた。引っ張ると簡単に抜け、端に同じ実が付いている。それで半ズボンの裾をまくって深みに入り、葉を引っ張った。抜きにくいのは根元を足で掘り、多くの実を集めた。

「何じゃろうか」

森山君に見せると、釣り針に引っ掛けた事はあるようだが、名前は知らなかった。それに興味を示さない。治君も苦笑して首を振るだけである。和夫は掌にのせて首を傾げた。一見、鬼の顔のように見えるのだ。

「菱の実じゃない。珍しいねえ」

家に帰ると、母が笑って手に取った。小さいころ、学校の池にたくさんあったと言う。それに湯がいて食べられるらしいのだ。しかし持ち帰ったのは、中が全て空だった。

「昔、男の子がよくやっていたよ」

母はその穴に口を当てて、強く吹いた。するとかすかな音がした。

「へえ……」

和夫も試したがよく鳴らない。しかしそれで満足したのである。

翌日、学校に持っていくと、クラスで大人気になった。男子はビー玉と替えようと言うし、女子はおはじきと交換したがるのである。

「それなら知っとる」

みんなの後ろからのぞいた野口君が、大きく頷いた。家は広い蓮田の側にあり、水路にたくさん生えていると言う。

「じゃあ、採って来てよ」

今度は野口君が皆に囲まれた。女子が多く、和夫は少し失望した。しかし午後、大原君の家で遊んで帰ると、明ちゃんに呼び止められた。

「あれ、ある?」

菱の実を、文ちゃんに一つやっていたのだ。

和夫は頷くと、ポケットから最後の二つを取り出した。そしてもっといるなら、ダブにあるから採って来ると告げた。

「じゃあ、私も行っていい?」

しかし夕方なので、二人は急いで野に向かった。直線の道は人気がなく、遠い下流と右の谷間に、農家の人が見えるだけである。ダブも誰もいなかった。傾いた日差しの中で、緑がかった水面が白く光っている。前日の水は引いていて、赤茶けた葉が池の中央に多く浮かんでいた。

それを指差すと、明ちゃんは眉を寄せた。

「ちょっと採りにくいね」

「大丈夫。僕が採って来るから」

土塁の下に明ちゃんを待たして、中央の畦道に回り、水中に入った。

「大丈夫?」

正面で明ちゃんが心配そうな顔をする。しかし葉の根元を足で掘り、次々に引き抜いた。

「もう、いいよ」

十本ばかり採った時、明ちゃんが言った。和夫は根を水で洗い、葉を落とした茎を持って土塁に戻った。

「これだよ」

明ちゃんは一つを手にして、黒い実に目を凝らした。そして茎を外すと、掌にのせて言った。

「これ牛の頭に見えない?」

「あ、そうじゃね」

和夫は頬を緩めて頷いた。自身が見立てた鬼の顔よりいいのである。

「よかった。友達にも分けてあげるわ」

「じゃあ、このまま持っていく?」

「いいえ、実だけでいい」

それで茎から一つずつ外して渡した。明ちゃんは掌に溜めていたが、途中でハンカチに受け、全部を包んで右手に持った。

気が付くと空は赤く染まり、水面に同じ色が映っている。虫が落ちるのか、かすかに水の輪が広がった。和夫は土塁の中腹に上がり、明ちゃんを呼んだ。大原君に聞いた「ダブの主」を期待したのだ。しかし明ちゃんは四方に目を向けて大きく頷いた。あたりは薄暗くなり、夕焼けを映す稲の波が美しく光っていたのである。

「ねえ、何か見えない?」

和夫は顎を水面に振った。中は濁っているが、大きな魚が動けば分からないことはない。しかし明ちゃんは急におびえた顔をした。日が暮れていくのを感じたようなのだ。

「もう、帰ろうよ」

顔をしかめて頷き、土塁を下りた。そういえばカエルの鳴き声が一際高くなり、水面にさざ波が立っている。やはり物寂しい感じがするのだ。しかしなお水面を見ながら下りると、

明ちゃんがダブの端で振り返り、強く手招いた。前面にススキの茂みがある。中に進むと、

「ねえ、早く!」

後ろで強い水音がした。魚が跳ねたにしては大きすぎる。しかし振り返る事はできない。背中がこわばったのだ。

バシャ……。

また水を打つ音がして、一層怖さが増した。明ちゃんもそのようで、片手を後ろに伸ばす。その手を掴んで速く歩き、直線の道に出た。そして左右が見通しのいい水田になり、足を緩めた。振り返ると土塁は遠く、黄昏の中に暗く静まっている。しかしどこかで何かが見ているよ

うな気がして、そっと首をすくめた。

「ねえ、歌を歌おうか」

明ちゃんが上気した顔を向け、和夫は頷いた。ダブから離れたとしても、周りは寂しい水田である。そしてすぐに明ちゃんの声が聞こえた。

お、ブレネリ、あなたのお家はどこ
私のお家は、スイッツランドよ……

手はなお繋いでいる。歌に合わせて前後に振ると、明ちゃんは頬を緩めた。声も次第に大きくなる。後半の軽快なリズムで和夫も声を出し、腕を強く振った。

「よし、もう一度！」

今度は最初から声を合わせた。しかし側溝の石橋で、やめた。もう右手に住宅地が見える。窓に明かりが点いた家もあるが、路地にまだ子供の姿があった。

「かずおちゃん、競争しようか」

用水の木橋を渡り、土手の半ばを帰った時、明ちゃんが前方に顎を振った。

和夫は頷き、用意ドンで走り出すと、わずかに前に出て、住宅地に入る畦道に曲がった。そこは幅が狭いので、もう追い抜く事はできない。ゆっくり走って路地に出ると、明ちゃんが横に並んで首を振ったので、足を緩めた。

バス通りの向こう側で建築中の住宅は、窓やガラス戸が付いている。入居まで一か月となり、当選した人々が見学に来る。その一人に同級生の福山君がいて、学校から一緒に帰った。場所を教えて貰うためで、後で遊びに行く計画がある。途中で大原君の家に寄り、三人であの路地に入った。

「あれだよ」

福山君が指差す場所は、前に中をのぞいた家である。和夫は大原君と顔を見合わせたが、黙って真新しい板塀に近付いた。部屋の襖が付いていないだけで、ほぼ完成した家は、午後の日差しに明るく輝いている。和夫は顔を戻して言った。

「いい家だな」

福山君は頬を緩めた。大原君も笑って頷く。しかし空地の横に目をやると、桑畑に作業員が入って、枝を切り落としていた。

「あそこも家が建つんだ」

二人も顔を向けて、作業を見た。和夫は軽く目配せして、路地の入口に体を向けた。次は野を案内するのである。それで自宅の前を通り、水田の道に出た。しかし用水に水が流れていたので、上流の木橋に回り、山裾の道を上った。

直線の道を進んでいると、福山君が慌てて右方を指差した。遠い葦の茂みで、七、八人の子供が竹の棒を振り回している。

「チャンバラごっこだよ」

大原君と和夫が笑って頷くと、怪我をしないかと眉を寄せる。

「大丈夫。慣れとるから」

三人は目を凝らした。左のグループが突然逃げ出したのだ。それを追って右の集団が走り出し、そのまま茂みに消えた。

「ああいうの、みんながやるの?」

再び歩きながら、福山君が言った。これからあの家に住むので、気になるのだろう。

「しないのもいる。大原君もそうだよね」

和夫が顔を向けると、本人は大きく頷いた。やがてダブに着くと、三人は土塁に上がって、緑がかった水面に目をやった。すると先程の子供たちが、対岸にある擁壁《ようへき》の陰から現れて、走ってきた。そして近くで、二、三人が竹の棒を打ち合い、土塁の横を通り過ぎた。

「大丈夫。みな住宅の者だから、襲ってこないよ」

顔をこわばらせる福山君に、大原君が言った。和夫も苦笑して後方に体を回すと、子供たちは直線の道を右へ進み、旧住宅の方へ去っていった。

「じゃあ、次へ行こうか」

大原君が頷き、三人は土がむき出しになった急斜面の山に向かった。そしてターザンごっこを教えて山裾を進むと、ダブの横に長く延びる擁壁は何かと、福山君が聞いた。

「射撃場の跡だよ」

「そこで構えて、向こうに撃ったらしい」

和夫が先に言うと、大原君が擁壁とダブの対岸に並行する土塁を指差して頷いた。

「じゃあ、さっき立っていたところが的だったの？」

「でも、昔の事だよ」

大原君は軽く笑い、福山君は横に顎を振った。

「射撃場は、アメリカのが下流にあるじゃない」

それはターザンごっこの山のずっと下流で、野を囲む横に長い山の麓にある。

「しかし今日はやってない」

軍用のトラックが見えないのと、音が聞こえないので分かるのだ。

そして次の山で、また福山君が顔をこわばらせた。昔の防空壕の跡で、樹木が茂る麓に、コンクリートで固めた大きな穴が開いている。それが二つあるのだ。和夫は森山君たちと一度、中に入ったが、気持ちのいいものではない。しかし振り返って言った。

「入ってみようか？」

福山君は顔をしかめ、大原君も首を振る。それで谷間にある畑の横に下りた。

「あそこ人は住んでないの？」

福山君が真剣な目を向け、二人は笑って首を振った。しかしその心配は分かる。米軍の射撃場がある山に、浅い防空壕があり、汚い身なりの男が一人住んでいるのだ。

「そうか……」

福山君は苦笑した。それから反対側の道に上がり、下流に少し戻った。

「今度は、ここに入ってみよう」

小さな谷間が口を開いている。側溝を渡って奥へ進むと、左右の山が一つになった。高い稜線の上に、大きな松の木が一本立っている。

「あそこまで行ってみようか」

振り返って指差すと、福山君は顔を曇らせた。しかし大原君が頷き、和夫は前に進んだ。そこは急な九十九折である。熊笹の中を抜けて、大きな木の横を回り込むと、

「ちょっと、待ってよ！」

福山君が下方で声を上げた。和夫は足を止めて待ち、次は大原君が先に立った。三人は途中で拾った竹の棒を持っている。道をふさぐクモの巣や足元の蛇に備えるのだ。しかし茂みから急に小型の雉が飛び出した時は、ギクリとした。

「よし、着いたぞ」

大原君が声を弾ませて、斜面の上に消えた。木立の間に、空が明るく広がっている。和夫が

ほぼ平らな場所に出ると、まばらな松の木の中に、下で見た木が一際高く聳《そび》えていた。

「こっちはよく見えるよ！」

後から来た福山君と梢を見ていると、前方で大原君が呼んだ。そこは開けた尾根で、右の下方に大きな川と手前に住宅地の一部が見える。

「あっ、ほんとだ」

福山君は感嘆の声を上げた。正面に大きな川と対岸に密集した家並みが見える。その遠くに高い山が長い稜線を左右に広げていた。

帰りは奥の谷間に下りて、下の道に出た。向こうの山との間に畑が作られている。その道に若い女の人が立っているのに気付いて、三人は足を緩めた。

「ねえ、ちょっと！」

彼女は手を上げ、急いで近付いて来る。よく見ると、背後の山裾に背の高い男が立っていた。米軍の制服を着た若いアメリカ人である。三人が身構えると、側に来て腕を後方に振った。

「あんたたち、この道はどこへ行くの？」

「どこに行きたいんですか」

和夫が逆に聞くと、女の人は頂上に神社がある山の名前を言った。

「それはそこを行けばいいんです」

大原君が後方の道を指差し、和夫も兵隊がこちらに歩いて来るのを見ながら大きく頷いた。

「やっぱりそうか」

女の人は笑みを浮かべて引き返し、兵隊と向こうの山に向かった。斜面に道が付いている。それはすぐ山の端に隠れる。しかし二人が入口に達すると、三人は踵を返した。

「でも、びっくりしたなあ！」

しばらく行って大原君が首を振り、和夫も頷いた。アベックは基地がある対岸の街でよく見るが、こんな山中で出会ったのは初めてなのだ。

「外人も神社にお参りするのかな」

福山君が後方に体を向けて言うと、大原君と和夫は薄く笑った。しかし頂上は三方に視界が開け、大きな川と中洲の下流を占める米軍基地や、周りの海がよく見えるのである。

「ついて行こうか？」

今度は大原君が振り向いたが、二人の姿はもうない。ただ、道を知っているので、どのあたりか見当はつく。しかし福山君は眉を寄せ、和夫もよくない気がして首を振った。

「じゃあ、しょうがない」

大原君は苦笑して先を歩いた。やがて谷間は広がり、耕地の先に住宅地が見え、振り向いて言う。

「やっぱり、後をつけてみればよかったのう」

「もう、いないよ」

和夫は笑って言った。頂上からは別の登山道もあるのである。福山君も首をすくめるが、二人は何となく後ろを振り返った。すると、

「うわー！」

大原君が急に大きな声を上げて走り出した。もちろん悪戯である。しかし和夫と福山君も慌てて走り出した。そして横に並ぶと足を緩めたので、二人はさらに前に出た。

「うわー！」

今度はわざとダッシュする。すると大原君が顔を赤くして追ってきた。


バス通りの両側に平屋の家が続いている。二軒毎に路地があり、奥が見通せる。その山側に、竹の棒を持った子供が走り込み、水田の側の道に数人が立っていた。そこは旧住宅と呼ぶ地域で、家は古いが、日用品の店が飛び飛びに並び、中央にバス停もある。そこから一つ路地を過ぎると、左右の広場を挟んで、新しい家が建っていた。

和夫は大原君の家から帰るところである。明るい日差しが溢れる通りを急ぎ、広場の先の路地を山側に入ると、七、八人の子供が自宅の前に集まっていた。

「おす！」

手を上げて門を曲がり、玄関に入ると、正面の四畳半で、文ちゃんと妹が顔を上げた。互いに雑誌を開いている。和夫が軽く目を向けると、文ちゃんが眉を寄せて言った。

「外で遊んでいると男子がたくさん来たので、家に入ったの」

「すぐ邪魔をするんじゃけえ。だからチャンバラごっこは嫌い」

妹は白い目をした。和夫は苦笑して居間に入り、漫画の本を本棚に置いた。大原君からまた借りたのだ。そして台所で、水を飲んでいると、

「おーい、かずおちゃん！」

外で森山君の声がした。時計は丁度、約束の二時を指している。急いで玄関に出て、下駄箱の横に立て掛けてある竹の棒を掴んだ。

子供は十五、六人に増えていた。中には和夫の弟など小さい子もいる。しかし付いて来るのは路地の端までで、水田の畦道に下りたのは十二人だった。隣の路地との連合軍である。小学五年の和夫は中堅クラスで、上は中学生までいろいろいる。隊長は森山君で、隣の路地の山内君が副隊長だった。

側溝の石橋を渡り、直線の道を進む。草取りをしている農家の人が顔を上げて、眉を寄せたが、皆は知らぬふりをして方向を変え、葦の茂みに着いた。

そこは既に、バス通りの向こう側の住宅にいる子供たちが来ていた。数は十人くらいで、やはり連合軍を組んだのだ。

「やあ、やあ」

互いに手を上げて合流すると、チャンバラをしたり、相撲を取ったりする。しかし森山君た

ちは遠いススキの茂みを、真剣に見ていた。そして緊迫した声を上げた。

「よし、向こうも準備ができたようだぞ」

皆は急いで集まり、遠くに目をやった。三角形の土塁とレンガの擁壁が平行して見える。その両方に、旧住宅の子供が立って、こちらを見ていた。

「今日はだいぶおるのう」

「なに、またやっつけちゃるよ」

味方は昨日勝ったので、威勢がいい。そして攻撃の姿勢を取った。森山君たち上級生は仲間を二手に分けると、先頭に立って進んでいく。ススキの茂みを抜けてダブの側の畑に出ると、向こうで喚声が上がった。

「よし！　あそこを占領するぞ」

右の擁壁は、二メートル強の幅に一・五メートル程度の高さがある。それが二十メートル近く続いているが、数は土塁より少ないので、全員で向かった。

「わー、わー！」

声を張り上げて迫ると、上にいる子供たちは逃げ出した。味方は次々に平らな上部に上がり追いかける。下に逃げた子供は、ダブの横を回って土塁の組に合流した。

両者は広い水面を挟んで睨み合う。最初は奇声を上げたが、誰かが大きな声で叫んだ。

「お前の母ちゃん、出べそ！」

すると同様の声が返った。

「お前の父ちゃん、出べそ！」

皆は笑い声を上げ、誰かが母を兄に替えて言い返す。すると相手は父を姉にして応じた。しかし親の方が効果は大きい。すぐに元に戻して、やり合った。

その後、畑に五、六人斥候を出すと、相手も同じくらい出てチャンバラが始まった。それを見て援軍が出たので、こちらは全員が応援に向かった。すると残りが畑とススキの茂みに出てきた。あちこちでチャンバラが始まり、敵味方が入り乱れた。そうなると十人近く少ない味方は、不利である。和夫は森山君の側にいたが、相手を追って右に出すぎ、敵が間に入った。

「和夫ちゃん、こっち、こっち！」

森山君は後方に逃げて、手招いた。そこは味方が多いのだ。しかし敵も動いて進路を塞《ふさ》ぐ。さらに後ろからも来たので横に走った。そのまま茂みを抜けると、追いかけて来なかった。しかし直線の道に出て左を見ると、味方がススキの茂みから逃げ出していた。

「やーい、やーい！」

敵は盛んに気勢を上げている。和夫は野を大きく回って、味方に近付いた。みんなは山水の側溝と石橋の上に立って、敵を睨んでいる。何人かは顔や腕から血を流していた。和夫は腕と肩に鈍い痛みを感じたが、切り傷はなかった。

「おう、今日はダメじゃ」

森山君が苦笑して言った。

「明日は、もっと人を集めんにゃいけん」

副隊長の山内君も首を振り、皆は深く頷いた。味方は数もそうだが、中学生が少ないのである。やがて相手が住宅地の方へ帰り始めたので、皆も体を回して帰路についた。


翌朝、和夫は父が食事をする物音で、目を覚ました。学校へ行くには起きる時間である。しかし頭が痛く、体も重かった。やがて父は仕事に行き、妹が食事を始めた。そして母が呼んだ。それでもじっとしていると、襖を開けて入ってきた。それで顔をしかめて体の不調を伝えた。

「熱がだいぶあるのう……」

母は額に手を当てると、体温計を持って来た。そして目盛りを見て、表情を引き締めた。

「これは先生に来て貰わんといけんね」

熱は三十八度をこえている。妹も顔をのぞいて、心配そうな目をした。

「いいよ」

注射は嫌なので、首を振る。母は水を満たした洗面器を運ぶと、タオルを絞って額にのせ、目を覚ました弟と共に居間に戻った。

やがて妹は学校に行き、弟も食事を済ませた。そして母が住宅地の端にある病院に、往診を頼みに行った。

「兄ちゃん、また病気になったん」

弟が枕元で言った。熱を出すのが一番多いのだ。風邪を引きやすい体質もあるが、今回は遊びすぎたせいだろう。しかし午後のチャンバラが気になった。今日は全員で旧住宅の子供たちと戦う予定なのだ。

「先生は午後から来てくれるそうじゃ」

母が帰って頷いた。和夫は嫌な事が延びたのでほっとしたが、午後に医者が来て、顔をしかめた。少し眠ったせいか気分は朝よりいい。しかしペニシリンの注射を腰に打たれた。熱が下がらないのが、いけないようである。

それからまた眠りに落ちた。しかし騒がしい物音で目を覚ました。路地に子供たちの甲高い声が響き、大勢の足音がしている。急いでトイレに行き、窓の外を見ると、近所の子供たちがバラバラに走り過ぎていく。背後を旧住宅の子供が集団で追っていた。みな竹の棒を持ち、殺気だった顔付きである。それで今日の決戦と、味方の敗北を知ったのである。

「逃がすな、やっつけろ！」

路地の子供は家に逃げ込む。敵は庭に入り込んだり、玄関先で騒ぎ立てるので、大人が顔を出して両者を叱った。それで騒ぎは収まったが、路地は敵の子供たちで溢れている。

「えい、えい、おー！」

やがて勝鬨《かちどき》を上げると、バス通りに出て、隣の地区に帰っていく。後ろから味方の子供が悪態をついたが、数は少なく声も弱かった。和夫は路地に出てきた子供の中に森山君を見付けて、顔を引いた。戦いに参加できなかった事が、後ろめたかったのである。

「棒を振り回して危ないよねえ」

布団に寝ていると、外から帰った妹が、母に興奮した口調で言った。

「お兄ちゃんに、やめるよう言ったらいい」

「そうじゃね、今度よう言うよ」

母も声を強めた。和夫は吐息をついて目を閉じた。やがて襖が開き、母が入ってきた。

「どうじゃ、具合は」

枕元に座り、額のタオルを取る。そっと手を当てると、やや強く押さえたのでまた目を閉じた。

「熱は引いとるのう」

母は軽く笑い、額に水で絞ったタオルをのせた。体温計で測ると、七度台に下がっている。

しかし次の日も、学校を休んだ。微熱が続き、体がだるいのだ。

「おーい、吉永君」

午後、大原君と福山君が見舞いに来た。

「なんだ、起きてもいいのか」

寝巻のまま玄関に顔を出すと、二人は明るく笑った。和夫は居間の端に座り、二人は式台に腰を下ろした。

「今日、学校でチャンバラが禁止になったよ」

すぐに大原君が言った。

「昨日、大決戦をしたろう。それで農家から苦情がきたんじゃ。畑を荒らされたと言って。それで朝礼の後、住宅の男子だけ残されて、説教を食らったんだよ」

「住宅の方からも危険だと、文句が出たらしいよ」

福山君も大きく頷く。二人は参加しなかったが、共に叱られたので、不満のようである。しかしチャンバラの禁止は嬉しいようだった。

「同じ地区で喧嘩をするのは、損だからね」

大原君は軽く言った。

「それで来週、子供会で仲直りの集まりをするんだよ」

和夫は低く頷いて目を伏せた。病気の間に事態は変わり、取り残された気がしたのである。

二人はそれを潮時と感じたのか、小さく笑って帰っていった。


翌日、まだ体がだるいので学校を休んだ。土曜日で、授業は三時間しかないのだ。しかし新聞を読み終わると、することがなかった。ふと野に行こうと思い、路地に出た。中程に小さい子供が四、五人いて、ビー玉遊びをしている。

「兄ちゃん、どこ行くん」

弟が顔を向けたが、軽く頷いて通り過ぎ、水田の先に出ると、用水に大量の水が流れていた。それで下流に曲がった。左は水田の端に住宅の家並みが小高く続き、広場の先から古びた家になる。そして対岸の土手を抜けるトンネルの入口が迫った。用水は地下に潜り、道はコンクリートの縁を細く上っている。そこは旧住宅の子供の通り道なので、足跡がたくさん残っている。上の土手道に出ると、左右に野が広がった。

正面にターザンごっこをする山が見える。しかし急な斜面は横を向き、端の崖が左の小さな谷間を挟んで下流の山と繋がっている。その射撃場に、今日も米軍のトラックはいなかった。

右の山から来る山水の側溝と、正面の山からの側溝が、足元で合流している。そのコンクリートの橋の周りに、またたくさんの足跡があった。しかしいまは小さい子供も見当たらず、農家の人もいない。正面の山の右手に、横に長い土塁とススキの茂みが見える。側溝を伝って土塁に近付くと、周りの草むらが踏み荒らされ、ススキもところどころ押し倒されている。そして入り乱れた足跡があった。それは先の畑にもあり、ナスの枝が折れたり、実が踏みつぶされていた。これでは怒られるのは当然である。そっと周囲を見たが、人の姿はない。しかし顔を伏せてダブの前に出た。そこも人影はなく、土塁に近付くと、カエルが次々に水に飛び込んだ。

和夫は土塁の上から濁った水面を見た。しかし空を映して白く光るだけで、何も変化はない。それで右の小さな水田の畦に入った。そこも土が踏みつぶされているので裸足になり、水中に入った。やはりメダカや小ブナが群れている。先の水草に近付くと、不意に大きな魚が横に現れて、前方へ消えた。もちろん黒い影であるが、ダブの主に違いない。それで水中に目を凝らし、慎重に足を進めた。前方の畦は一部壊れていて向こう側と繋がっている。そこは底が浅く、よく見えるので追い込みたいのである。

そしてあと半歩で、伸ばした手が触れる位置になった。魚は他へ動いた様子はない。息を大きく吸うと、両腕を伸ばして一気に前に出た。しかし水が跳ねて顔に当たっただけなので、そのまま前に進んだ。水草は長く伸びて水中に広がっている。やっと抜けて上半身を起こした。しかし畦の前方に魚の姿はなかった。水草に戻って足でかき回しても、何も現れない。念のため岸に上がり、隣の池に目を凝らしたが、葉を浮かべた小さな水草が見えるだけである。

一瞬見ただけだが、それは七、八十センチの長さがあったのだ。

——おかしいな……。

魚は消えたとしか思えないのである。和夫はため息をつくと、畦に置いた靴を拾い、池の角で足を洗った。そして土塁の頂上に上がり腰を下ろした。そのまま水面を見つめていると、

「坊主、そこで何しとる」

不意に太い声が聞こえ、背中がこわばった。慌てて顔を向けると、ダブの左端に痩せた男が立っていた。周囲に縁が付いた帽子を被り、肩からズックのカバンを下げている。半袖の白いシャツは薄く汚れ、黒いズボンも膝が膨らんでいる。日に焼けた顔に、目が鋭く光っていた。

それは下流の防空壕に住む浮浪者なのだ。和夫はとっさに靴をはこうとしたが、思いとどまった。そして男が側に来た時、ほぼ乾いた右足を上げて言った。

「ちょっと、乾かしとったんじゃ」

「ダブに入ったんか」

小さく頷いて足を下ろし、運動靴を手にした。男は目を向けながら横に腰を下ろす。そしてダブに視線を移したので、靴をはき、左の靴を手に取った。

「それで、何かおったか」

男がじろりと目を向け、和夫は手を止めた。すると男は顎を振った。

「はくなら早くはけよ」

それで足の裏を軽くはたき、靴をはく。しかし膝に両手を置いて水面を見た。逃げる意志のないことを示したのだ。するとまた男が言った。

「大きな魚はおらんかったか」

「おった」

「ほう、どれくらいか」

男はちらりと目を向けると、再び水面を見た。口髭は長くむさくるしいが、細めた目は穏やかである。しかしいつ態度が変わるか分からない。和夫は素早く両手を広げた。

「このくらいじゃ」

「そんな大きいんか？」

「いやこれくらいかな」

少し縮めたが、それでも七十センチはあり、男は頬を緩めた。

「それで熱心に見とったんか。じゃあ、わしも見ようかな」

男は帽子を取り、額の汗をぬぐった。頭頂に毛がないので、和夫は目を伏せた。意外に年のようである。よく見ると口髭に白いものがあるが、再び帽子を被ると、精悍な顔付きになった。

「おったのはどのへんじゃ」

急いでダブの右端を指差すと、小さな水田の前面に視線を動かしている。しかし興味があるのかどうか、よく分からない。それよりもう昼が近いのだ。それに側にいるのは気詰まりだった。ただ、しばらくして十二時を告げるサイレンが遠くに聞こえた。思わず顔を上げると、男が口を開いた。

「坊主、どこの子じゃ」

「そこの住宅」

和夫は思い切って立ち上がり、野の彼方を指差した。そして周囲を素早く見た。しかしどこにも人の姿はない。

「兄弟はおるんか」

「妹と弟がおる」

小さく答えて腰を下ろし、水面を眺めた。明るい空が映っている。菱の葉の間に、頭上を越えた太陽が強い光を反射していた。

「もう、夏じゃのう」

男も目を細めると、額の汗をぬぐった。しかし腰を上げる様子はない。和夫はもう魚を見つけるしかない気がした。それで軽く頷いて土塁を下りると、水面を見ながら自宅と逆の山側に進んだ。

「坊主、動いたらダメじゃ。魚が逃げてしまうぞ」

男が手招いたので、再び土塁に上がり、元の場所に坐った。

「じっとしとると、魚は浮いてくるんじゃ」

男はダブに顎を振った。しかし日差しは強く、帽子のない和夫は顔が熱かった。ただ、大きなトンボが目に入った。菱の葉に止まり、再び飛び立つと、ため息をついて額の汗をぬぐった。

すると男が笑って言った。

「そんなに気張ったらダメじゃ。何事もなるようになる。男ならどんと構えておればいい」

「でも、腹がすいたから」

和夫は軽く言った。本当は帰りたいが、それは言い出せないのだ。

「じゃあ、これでも食べるか」

男はカバンをのぞき、大きな夏みかんを取り出した。そして腕を伸ばすので、慌てて首を振ると、さらに腕を振った。

「ほら、食べてみろ。酸っぱくないから」

両手で受け取り、目を凝らす。皮が厚く剥《む》くのに困難を感じたせいもあるが、相手が悪いのだ。

「どうした?」

じっと見つめられ、指を皮に当てて顔をしかめると、男は手に取り、爪で皮を割《さ》いた。その先が黒く汚れている。

「あっ、半分でいいです」

強く頷いて、小さい方を受け取る。今度はどうしても食べなければいけないが、片側は果肉が潰れている。それで反対側の一つを反転させて、口に入れた。

「あ……」

思わず笑みを浮かべた。それは意外に甘いのだ。

「な、うまいだろう」

男は頬を緩めると、やはり一粒口にした。

それはみずみずしく、食欲が湧く。そして潰れた一粒も最後に食べたのである。すると男が手を差し出して、厚い皮と食べ滓《かす》を受け取り本人の物と重ねてカバンに入れた。それで親しみを感じて聞いてみる気になったのである。

「ねえ、ダブには主がいると思う?」

「ぬし?」

「さっき言った魚がそうじゃないかと思うんだ」

和夫は先程の経験を話した。魚は消えたとしか思えないのである。

「魚がのう……」

男は笑みを浮かべていたが、急に真剣な目をした。

「じゃあ、何かに化けて出るかもしれんのう」

「まさか」

和夫は眉を寄せた。

「いや、分からんぞ」

男は瞳を光らせ、首を振る。それで慌てて水面を見た。菱の葉の先に太陽が移動し、眩しく光っている。思わず目を閉じると、一瞬、黒い影が浮かんだ。それは先程の魚に似ている。目を開けると、男がじっと見ていた。

和夫は体を固くした。急に両者が一致したのだ。いや、男が妙に怖くなったのである。ただ、「ダブの主」と結びつけるのは飛躍がある。それで薄く笑って言った。

「でも、悪いことはせんじゃろう?」

「そうじゃのう」

男は目を細めると、下方に顎を振った。

「まあ、あのカエルのように日向ぼっこをしたり、野を散歩するぐらいかな」

和夫はまた眉を寄せた。日向ぼっこはいいが、野を散歩するのはやはり気になる。

「はは、嘘じゃ。魚が何かに化ける事などあるものか。いまのは冗談じゃ」

「なんだ、だまされた！」

和夫はわざと声を上げて立ち上がった。そして体を回してあたりを見たが、人の姿は見当たらない。さらに遠くを見るため、もう一度回ろうとすると、男が顔を向け、動きを止めた。しかし土塁を下りると、カエルが数匹水に飛び込んだ。小さな輪が広がる方向に目をやると、何かが浮かんできた。しかし別のカエルである。

「おらんのう」

背後で男が言った。

振り向くと、口にタバコをくわえている。マッチで火をつけて吸い込み、鼻から白い煙を吐き出した。

和夫はダブに顔を戻した。水はやはり濁っている。また山側に歩いて引き返し、男の下を通り過ぎた。しかし何も言わず、タバコを吸っている。和夫は小さな水田の角で足を止めた。それ以上出ると、怖いことが起きそうな気がするのだ。そのまま畦道に沿った水面を注視していると、右方で甲高い声がした。

「おーい」

女の子の声である。おや？　と思った時、

「お兄ちゃーん」

妹の声がした。慌てて顔を向けると、ススキの茂みを走って来る明ちゃんの顔が見えた。笑って手を振る後方に、妹と文ちゃんがいる。

「おーい」

思わず手を振り、はっとした。背後の男を気にしたのだ。しかし三人は茂みを抜けて側に来た。

「何しとるん？」

明ちゃんが息を弾ませて言った。和夫はその目を強く見て、首を後方に動かした。

「あっ……」

明ちゃんは目を見張り、妹と文ちゃんも顔をこわばらせた。和夫が振り返ると、男は視線を水面に向けていた。タバコを挟んだ手を膝にのせ、片腕で体を支えている。こちらをちらりと見て、タバコを吸い、煙を大きく吐き出した。

「みんな探したのよ」

明ちゃんが小声で言った。顔を戻すと、後ろで妹が頷いた。

「そうよ。兄ちゃん、昼御飯に帰らないんだもの」

「ねえ、早く帰ろうよ」

文ちゃんが横から手を取り、和夫はまた後ろを見た。男はなおダブを向いて、タバコを吸っている。しかしさらに強く手を引かれた。明ちゃんも後ろ向きに下がりながら、真剣に頷く。

和夫は一歩進んで、振り向いた。男はタバコをゆっくり口に運んだ。しかしまだ安心できない。

「さよなら」

思わず声が出た。それでこの場が収まる事を願ったのだ。男はタバコを口にしたまま小さく頷いた。どうやら危険はなさそうであるが、まだ心配だった。

「早く、早く」

文ちゃんがまた腕を引いた。妹と明ちゃんは前方で振り返り、目でせかしている。和夫は男の手前、なお緩慢な動きをした。しかし茂みに入ると、態度を変えた。やはり早く逃げたいのだ。今度は文ちゃんを追い立てるように走り、直線の道に出た。皆は固まって走り、土塁が遠くに見えるところで足を止めた。

「なんで挨拶したん。あれはほいとじゃろう」

妹がしかめた顔を向けた。

「だからしたんじゃ。悪さをされたらまずいから」

和夫が首を振ると、明ちゃんが言った。

「何かあったの?」

「ちょっと話をしただけじゃ」

ただ、夏みかんを食べたのや、「ダブの主」と勘違いしたのは言えない……。

「それならいいけど、あんな人と口をきいたらいけんよ」

ほいとは下流の山の防空壕に住んでいる。そこは通学路になっている大きな川の土手道から見えるので、皆が知っているのだ。

和夫が低く頷くと、文ちゃんが顔を赤くして言った。

「人さらいかもしれんよ」

「バカいえ！」

今度は強く首を振る。しかし明ちゃんと妹は眉を寄せて深く頷くのである。それで表情を改めて言った。

「でも、何であそこにいるのが分かったん？」

「あの上に立ったじゃない」

明ちゃんが口元を緩めた。

「一周回って、また見えなくなったけど」

和夫は笑みを浮かべた。あのとき必死でした事が役に立ったのである。

「お兄ちゃん、いつもダブに行くじゃない。だから皆で来てみたの」

妹が声を高め、和夫は後ろを振り返った。ススキの茂みの向こうに、小高く盛り上がる土塁が見える。しかし人の姿はどこにもなかった。

「でも、怖かったね」

文ちゃんは首をすくめ、明ちゃんが瞳を光らせて言った。

「そうよ。これからは一人で来ない方がいいよ」

和夫は男を悪い人とは思わないが、やはり気を付けようと考え直した。そして今日は助かったと、強く思うのである。

「ありがとう！」

思わず声を弾ますと、三人は明るく笑った。やがて側溝が近付き、坂道を上った。もう右手に住宅地が見える。そのせいか皆の心は軽くなっている。和夫がまた後ろを向くと、

「まだいるかしら」

明ちゃんも振り返り、遠くに視線を向けた。

「もう、いないんじゃない」

文ちゃんと妹は笑って、体を向けた。

野は午後の日差しに明るく輝いている。遠くにススキの茂みと土塁が小さく見えるだけで、やはり人の姿はなかった。和夫はふと男も消えたのではないかと思ったが、すぐに首を振った。

しかしどこかでこちらを見ている気がするのである。

「ほんとに、ほいとは嫌い！」

妹の声に、明ちゃんと文ちゃんが笑い声を上げた。そして互いに首を振ると、三人並んで石橋を渡った。

「早くやろう」

次の遊びを思い付いたらしく、山裾の道を急いで下りていく。和夫はまた野を振り返ったが、

「何してるの！」

文ちゃんに呼ばれて顔を戻した。

そして急に空腹を覚えると、三人を追って走り出した。

三、人形

海岸道路は赤信号で、歩道に人が溜まっている。その端に着くと青に変わり、先頭が動き出した。対岸のガードレールの下に、白い砂浜と海が大きく広がっている。

「えっ、川の側？　あっ、あるね」

前を歩く若い女性が、携帯を当てた顔を左に向けた。

「でも、人が多くて分からない。……手を振ってる。あ、分かった」

横に停まった車の陰に橋の欄干があり、下方に水面が見える。それは右岸を細く流れ出して左に曲がり、海に達していた。砂地の岸に人が並んでいるが、右岸は特に多いのだ。

前の石段を若い男女に続いて中年の女性が数人上って来る。こちらの集団は砂地に下りて分かれると、人の群れに紛れた。信夫は道路の擁壁の下を右へ行く。そして数組の団体が散らばる先で、水辺に向かった。

干からびた海藻とゴミの帯を跨《また》ぐと、滑らかな砂地に波が広がっている。それは四、五メートル先で引き返し、先端で若いカップルが戯れていた。さらに大きな犬を連れた主婦とすれ違うと、人の姿はまばらになり、やがていなくなった。そこは右手に急な斜面の山が迫り、足元に水がわずかに見える浅い溝がある。そして先に平らな岩場が続いていた。

信夫はスケッチブックとスーパーの袋を持ち替え、後方を振り返った。近くに人影はないが、遠くに黒く広がる集団があり、弓形の砂浜と海が明るく光っていた。アパートは数分の距離である。しかし風はなく日差しも温かいので、先の岩場に上がった。それは右の山に沿って遠くまで続いている。手前は海に大きく張り出し、数か所に大小の溝が延びている。それを斜めに越えて、先端に近付いた。

遠い水平線に帯状の雲が浮かんでいる。その両端は岩山の岬で、右端にヨットが数隻見えるだけである。小さな岩が棒状に露出した岸辺に、波が白く砕けている。先の水中は見えるが魚はいない。しかし視線を横に向けてはっとした。離れた溝に黒い頭がのぞいている。急いで側に行き、目を見張った。

それは見事な振り袖を着た人形で、長い髪に包まれた顔は美しく、大きな目で海を見ていた。裾に足袋の先がのぞいているが、履物はなく籐のカバンが一つあった。

それらは横からの日差しに明るく輝いている。信夫は後方を振り返った。人形は高価なものと分かるので、誰かのいたずらと思ったのだ。

岩場に人影はなく、一段高い海岸道路も車がまばらに走っているだけある。それで少し離れて、腰を下ろした。

岬のヨットは同じところを回っている。小型の漁船が二艘、水平線から現れて左方に消えた。しかし誰も現れない。やがて岸の先端が波に洗われ、腰を上げた。

人形は大きな目で海を見ている。先にカバンを岩に上げて、横から抱き上げる。そして十五メートルくらい岸辺に進んで寝かせ、横にカバンを置いた。

人形は人間の三分の二くらいのサイズで、首はもちろん多くの関節が動く。それで両膝を立てて坐らせ、上に腕を置いた。それから顔を上げ、大きな目を海に向ける。それは若い女が膝を抱えて坐っている姿である。しかし岩の上では違和感はなかった。

「潮が満ちるからそうしたが、まだいる。君の知り合いが来ると思うから」

信夫は横に自身の荷物とカバンを置き、側で同じ姿勢を取った。そして時々後方を振り返るが、それらしい人はいない。やがて山の影が前方に進み風が出てきた。

すると人形の髪が巻き上がり、振り袖が揺れた。スーパーの袋に、予備に貰った食品保護用のポリ袋がある。それを紐状にして髪を束ね、振り袖は腕に巻き付けた。

空は赤みを増し海も色を変えた。風は時折強くなる。しかし人形は変わらぬ姿勢で海を見ている。顔はリアルで、意識があるように見えた。

「ねえ、君の名前は？」

やはり無言である。しかし年齢は二十歳と断定した。絵を描いているので分かるのだ。気のせいか瞳がやや動いた。それでどこから来たかと問うと、また澄ました表情になった。

「では、交番に行くしかないな」

信夫は顔を寄せて言った。

「だから早く来ればいいが、空があんなに赤くなった。もうすぐ日が暮れるよ」

しかし強い風に人形は横に動く。とっさに肩を掴むと、右腕が膝から落ちた。

「あっ、ごめん！」

指を調べると、第二関節から内側に緩く曲がっている。傷はないがこの姿勢はもう無理なので、指先にティッシュを巻き、両腕を後方に伸ばして上体を支えさせた。脚も伸ばし、カバンを足首にのせる。信夫も後方に両手をついて海を眺めた。

「では、もう少し待つか……」

人形は無言であるが、姿勢を変えたせいか、表情は伸びやかになった。

「ただ、寒くなるよ」

太陽は既に背後の山に隠れている。周囲は暗くなり、夕焼けはなお進んだ。やがて海は鈍く光るだけになり、空の星が輝きを増した。振り返ると、海岸道路は街路灯に浮かび、行き交う車のヘッドライトが明るく見えた。

「結局、誰も来ないか……」

信夫は両脚を軽く叩いて立ち上がった。

スーパーとスケッチブックの袋にカバンの持ち手を合わせ、人形を背負う。月は細くあたりは暗いが、足元は見える。さらに人形の腰を引き上げて歩き出した。

今度は道路に真っ直ぐ進む。しかし街路灯の手前で足を止めた。やはり人目が気になるので暗がりへ回り、石垣の擁壁に着いた。

人形は壁に立てかけて、上着を脱ぐ。それを頭から被せて腕に抱いた。

三十メートルくらい離れた砂地に石段がある。車が通る度に上部が明るくなるが人の気配はない。しかし耳を澄まして歩道へ上がった。二車線の片側に家並みが続き、遠くに飲食店やガソリンスタンドの明かりが見える。ただ、どこも人影はない。しかし周りを確かめて進み、明るい店の前は体で上着を隠して通り過ぎた。

先は静かな住宅地である。道路を渡り中に進むと、急な山の下に出る。手前に続く家並みの途中を海側に曲がると、奥に明かりが点いたアパートの外階段が見えた。

玄関は反対側であるが、一階に住む大家の目をはばかり外階段を上る。開いたままの戸口から廊下に上がり、右のドアの鍵を開ける。荷物は残して、人形と共に部屋に入った。半間の沓《くつ》脱《ぬぎ》の並びにガス台と流しがあり、奥に六畳の和室がある。それぞれ電気を点けて、和室の窓辺に人形を座らせた。腰板から頭が少し出るが影は映らないので、カーテンを引かず廊下に出た。

奥にトイレと玄関に続く内階段がある。そこは暗く、下の明かりが階段の位置を四角く示していた。隣の部屋もドアの小窓は暗い。信夫は廊下の入口をちらりと見て、荷物を運んだ。

スーパーの袋は食料品で、生物《なまもの》を冷蔵庫に入れる。それからスケッチブックとカバンを手に部屋に入ると、人形は上着から両足を出して座っている。

「すぐに出すよ」

壁にスケッチブックを立てて、畳に横たえる。上着の裾を上げると、明るい橙色の地にとりどりの花を配した振り袖が現れた。帯は金地の中央を、草模様を入れた赤いラインが占め、袖口から白い手がのぞいている。さらに上着を開こうとした時、外階段が鳴った。木の板の四段目がきしむのだ。しかしすぐ静かになる。

戸口から耳を澄ますが、人の気配はない。そっと廊下に出て外をのぞくと、すり減った踏板が見えるだけである。しかし靴をはき、隣家の玄関前や階段下を見たが、人影はない。ただ、先の街路灯から何かが塀に隠れた気がして、急いで階段を下りた。

角から路地をのぞくと、家々の玄関灯が飛び飛びに見えるだけでよく分からない。最後は道に出て目を凝らしたが何も見つからず、ため息をついて引き返した。

今度は玄関に回る。軒下に明かりが点いているが、中は暗く、人気もない。下駄箱からスリッパを出してはくと、靴を手に内階段を上った。そして廊下から再び外をのぞくと、古びた階段が見えるだけだった。

靴は土間に置いて、部屋に入る。人形は先程のまま顔を隠して横たわっている。

「もう少し待って……」

頭上を通り、窓辺に立つ。木の桟で区切られた窓ガラスは上の二段が透明で、前の隣家が見える。間が開けていて、海岸道路の街路灯が見えた。先は暗く、海との境を探していると、下の道に人影が現れた。近所の人のようだが、顔を上げたので急いでカーテンを閉めた。

「ごめん」

横に膝をつき、上着を取ると、人形は目を半ば閉じていた。瞼に触れると、さらに閉じる。

目尻に指を動かすと、大きく開いた。

「へえー、こうなってるのか」

瞳は黒目が深く、命が宿っているようである。思わず顔を逸《そ》らすと、窓が強く鳴った。しかし他の音はしない。いや、上空で風がうねり窓がまた鳴った。

「古いアパートだからこんなだが、さっきは誰か来たと思った。しかし誰もいなかった」

信夫は首を振ると、髪の紐を外し、左右に広げた。そして両脇に振り袖を伸ばすと、姿はさらに妖艶になった。

「君もお客さんと言えなくはない。ただ、なぜあそこにいたのか」

人形は黙ったまま、天井を見上げている。

「まあいい、後で調べさせて貰うから」

信夫は首を軽くすくめた。

「しかし腹が減った。用意するから少し動かすよ」

洋服ダンスに押し付けた炬燵を引き出し、台所と反対側の位置に人形を入れた。それからガス台に火をつける。鶏肉を煮込んだ鍋と水を入れたヤカンである。その間、スーパーで買ったポテトサラダを大皿に盛り、バタートーストを作る。そして沸いた湯でコーヒーを淹れ、大皿に鶏肉を加えた。

それらを天板に並べて、テレビを点ける。ニュースの時間で、国会の予算委員会が映った。

「では、始めるよ」

カップを持ち上げても、人形は涼しい目で天井を見ている。信夫は苦笑して食事を続け、また口を開いた。

「やはり侘《わび》しいか。しかし俺はこれを一年続けた。ただ、今日は違う。君がいるからだ」

人形は瞳をやや動かしたようである。なお目を凝らすと、階段がきしみ、急いでテレビを消した。しかしその後は静かである。

「どうもだめだな」

もうテレビは点けず、炬燵に戻る。そして食事を終え、天板を拭いた。

「では、カバンから始めるよ」

それはＢ４判の大きさで、十センチ強の厚さがある。取っ手の中の金具に鍵穴があり、ボタンを押すと、蓋《ふた》が盛り上がった。薄いピンクの布が全面を覆い、中央に金色の鍵が窪みを作っている。端をめくると、小さく丸めた布が現れた。それは下着と靴下で、赤と白が半々ある。

「へえー」

ドレスを鍵ごと持ち上げて天板に移すと、中に丸めた洋服があり、また赤と白の靴に同色のベルトがあった。そして青と黄色の箱が端に並んでいる。それを開けると、前者は櫛やサングラス等の小物、後者はネックレス等の装飾品が詰まっている。

「これは細かいな」

しかしヒントになる文字はなく、元に戻す。そして上にドレスをのせて蓋をした。

「次は君の番だ」

手に取りお太鼓の帯の側に縦の切れ目を見つけた。それは接着バンドで留めてある。

「これはいいね」

着物は腰で二重に折られ、紐で結んである。それを解いて仰向けにし、指で瞼を閉じた。

「この方がお互い恥ずかしくないから……」

襦袢《じゅばん》は腰までで、腹部にタオルが巻いてある。それも接着バンドで簡単に外れ、細身の体が現れた。肌は白く滑らかであるが、多くの関節に切れ目があり、端が丸く削られている。そして内部に蛇腹の金属が入っていた。それで関節を合わすと美しい線になる。信夫は低く頷くと、両腕を袖から抜き、着物の中央に横たえた。岩場で想像したのは少女の体に近かった。しかし乳房は形よく盛り上がり、腰も豊かに膨らんでいる。

「君はすごいね！」

人形は目を閉じてじっとしている。しかし口元がやや緩んだ気がした。それで周囲を動いて美しいアングルを見つけた。それから襦袢と着物を調べたが、手掛かりは見つからず、吐息をついて炬燵に入った。

「やはり交番しかない。君は金がかかっているからだ。しかし誰も現れなければ、半年後に俺のものになる。時間は掛かるがその方が安心なのだ」

信夫は顔をやや赤くした。

「でも、その前に君を描きたい。だからもう少し動かすよ」

人形を起こして脚を曲げ、横座りにさせる。関節は蛇腹の金属が伸びるのでだいたいの形になる。それを座布団とタオルで補正し、顔を正面に向ける。そして目を大きく開いた。

廊下を挟んだ前の部屋をアトリエに借りている。使いかけのスケッチブックがあるので台所に立つと、隣のドアが開いた。足音が出て、廊下を奥へ行く。

寝ていたのだ。しかしいま顔を合わすのはまずい。遊びに来られるからだ。もちろん向こうから来る事もあるので、新しいスケッチブックを開き、丸イスに腰を下ろした。

トイレの水が流れ、足音が戻ってくる。部屋に入ると、再び足音がしてドアは閉まった。時刻は八時前である。警備の仕事に行くには早いが、奥の階段を下りて静かになった。

信夫は小さく頷き、イスに座り直した。絵はこのまま描く事にしたのだ。人形は膝を大きく開き、右脚を長く伸ばしている。左腕で上体を支え、右手を脚にのせていた。そして大きな目を向けている。

「なかなかいいよ」

先に全体を粗く決め、頭部から丁寧に描いていく。顔は大きな目と形のいい唇がポイントである。そしてほっそりした体に小高く盛り上がる乳房や、紡錘形に膨らむ腰もいい。しかし関節の境目は隙間になるので、形を修正して鉛筆を置いた。

次は横にして、右手で頭を支えさせる。揃えた太腿をやや前に出し、膝から下を後方に曲げた。そして左手を乳房の前に置き、座布団とタオルで細かな調整をした。

それは指を伸ばし、乳房の傾きを計算して終えたが、なおポーズを変えて、数枚描いた。もう窓ガラスは静かになり、隣家のテレビの音も途絶えている。

「じゃあ、終わりにするか」

時刻は十一時五分前である。壁にスケッチブックを立て、ガス台にヤカンをのせた。

人形はうつぶせになり、腰を高く上げている。炬燵に入ると、交差した手に顎《あご》をのせた顔が間近にあった。挑発的なポーズであるが表情は無邪気である。それに共同作業を続けた事で、いとおしさが増している。信夫は首を振ると、膝を伸ばして腹這いにさせた。

「君といたのはどんな人かな？」

全てを見たせいか、とても気になる。ふと中年の男性と若い女性が浮かんだが、どちらかと言えば後者を望んだ。

湯が沸き、コーヒーを淹れた。残りをタライに空けて水を足し、布巾を固く絞る。

「やはりきれいにしないとね」

顔を拭き、体に移る。関節の動きや傷の有無を調べたが異常はない。最後に乾いたタオルで全身を拭き、着物の上に横たえた。

人形は白く艶やかに光っている。再び目を大きく開くと表情は輝きを増した。ただ、部屋は寒いので、腰から下に着物を被せ、襦袢で乳房を隠した。

コーヒーは冷えている。しかし炬燵に入り、口に運んだ。聞こえるのは、時折、海岸道路を通る車の音である。スピードを出すのでエンジンの音が強くなると、すぐに反対側に消える。オートバイならけたたましい排気音が長く続いた。

そして歯を磨き、トイレに行くと階段の電灯が点いていた。一階の土間をのぞいたが人の気配はなく、部屋に鍵を掛ける。炬燵を使うので、押入れから枕だけ出すと、電話が鳴った。時刻は十二時二十分前である。誰かと思って受話器を取ると、

「夜分すみません。藤井さんいませんか？」

河村で、隣の住人の彼女である。

「会社に行ったよ」

「休んでます。電話に出ないので、そこじゃないかと思って」

「いや、八時前に出たが」

「では、どこ行ったのかしら……」

「さあ、黙って行ったので。連絡付かないの？」

「藤井さんも、携帯ないですから」

「じゃあ、メモを入れておこうか」

「いいです。また電話しますから」

受話器を置いて電気を消し、炬燵に潜った。目を閉じると天板が気になったが、いつか眠りに落ちていた。


「すみません。寒いの！」

しきりに体を押し付けてくる女がいる。慌てて目を向けると、全くの裸である。急いで布団に入れ肩を抱くと動かなくなり、また眠りに落ちた。しかし胸をなぞる指先に目を覚ました。いつの間にか自身も裸になっている。思わず横を見ると、

「目が覚めた？」

女は優しく言った。しかし指は下半身に達し、腰を引いた。

「だめ、じっとしてるの」

上体を寄せたので、その手を掴んで引き上げ、逆に体を重ねた。脚を割り腰を密着させると、女は首を振った。

「しかしあんなことしたじゃない」

「でも、いや」

そのまま体をずり上げていく。そして壁にぶつかり首を曲げた。

「分かった。風邪を引くから布団に入ろう」

肩を叩いて布団に戻る。しかし時間を置いて乳房に触れる。やがて下腹部に進むと、女は体

を反らせ膝に落ちた。それが二度続き、三度目に腕を押さえられた。

「その代わりあなたもいって」

女は信夫を秘所に導いた。すぐに快感が高まる。しかし自制の気持ちが増した。いや、不安が生じたのだ。すると強くしがみつかれ、内部の力を制御する事はできなかった。

「よかった……」

側に横になると女は顔を寄せた。そしてまた信夫を掴んだので腕を押さえた。

「お願い。触っているだけだから」

女は脚をからめて目を閉じる。やがて静かな寝息が聞こえ、信夫も眠りに落ちた。しかし下腹部に異常を感じて目を覚ますと女が唇で触れていた……。


信夫は暗闇の中で目を開けた。右の脇腹が炬燵の脚に付いている。熱源は目盛りを最低にしても熱くなるので、斜めに寝たのだ。それで左の肩と両足が少し寒かった。もちろんセーターとズボンは着けている。しかしパンツが濡れていた。それもやや乾いたところと、今そうなった場所がある。そして急速に身を縮めるものがあった。思わず上半身を起こすと、炬燵に白い影がぼんやり見える。

「あっ、ごめん」

体に着物を被せ、炬燵に入れる。それからパンツを替えた。人形は目を大きく開いている。

それを閉じて隣に入り、横目を向けたが、強い眠気を感じて瞼を閉じた。

次に目覚めると、カーテンの端が明るく輝いていた。七時半くらいと思ったが、八時に近かった。それに頭は重く、首と背中に鈍い痛みがあった。

カーテンを開け、トイレに行く。隣の部屋は暗く、廊下も明かりが点いている。消して部屋に戻ると、陽は窓の片側を照らしているだけで、人形も目を閉じている。それで再び炬燵に横になった。

海側の道に、幼稚園に行く子供と母親たちの声が響いた。前の家で聞こえるのは、車のエンジン音である。やがて人の声がしてドアは閉じ、奥さんに見送られて出ていった。そして山側の道にバイクの音がした。しかしどれも自身に関係ないのである。無職になったからで、何となく取り残された気がする。ただ、もうそうしないでいい事に、安堵の気持ちもある。だからパンツを濡らした事に心が弾まないでもなかった。中学時代なら別だが、最近では考えられないのだ。そのきっかけになったのが側にいる。信夫はそっと目を向けると、しばらく見つめて瞼を閉じた。

次に起きたのは九時半である。今度は頭がすっきりして体も軽かった。急いでパンと牛乳を摂《と》り、天板に人形を上げた。

「では、着物を付けるか」

襦袢とタオルは簡単に済んだが、着物は腰の重ねをやり直して帯を着けた。それから炬燵にもたせて座らせ、目を大きく開いた。

「時間はまだあるから、先に洗濯するよ」

交番の手前に風呂屋がある。開店は正午なので、ドアに鍵を掛け、玄関に下りた。洗濯機は土間の奥に置いてある。使っていると大家が顔を出すが、今日は横の窓は開かない。部屋に戻ると電話が鳴っていた。しかし鍵を開ける間に音はやんだ。

「用があるなら、またかけてくるだろう」

苦笑して人形の前を通り、海側の窓を開けた。太陽は正面に上りあたりを明るく照らしている。それは窓の幅だけ畳を眩しく光らせた。

ロープに、丸いハンガーが下がっている。それを一杯にして窓を閉め、台所に立った。しかしヤカンを火にかけた後、人形を隠すものがいる事に気付いた。押入れを探していると、階段に足音がした。それは廊下に上がって来る。信夫はとっさに洋服ダンスに、カバンと人形を入れた。ドアは開け放してあるのである。

「すみません。河村です」

声と同時に扉を閉めた。

急いで台所に出ると、河村は戸口で頭を下げた。顔は白っぽく疲れた感じである。

「連絡まだないの？」

「さっき、ここにも電話したのですが」

「ああ、洗濯してたんだ。いま干し終わったところだよ」

大きく頷くと、河村は目をしばたたいた。

「ご相談があるのですが、ちょっといいですか」

軽く笑って体を引き、横に腕を振ると、河村は部屋に入った。

「あっ、スケッチブック。見ていいですか」

「それはダメ。見るなら向こうにしてよ」

正面の窓の下に、縦に細長い物品棚を横にした本棚があり、大型の写真集と画集が並んでいる。

「あ、マチス」

河村は畳に膝をつき、手を伸ばした。信夫は台所でコーヒーを淹れる。カップを両手に持って振り返ると、なお畳に座っていた。

「炬燵に入って見ればいい」

河村は小さく笑って画集を戻し、こちらを向いた。

「じゃあ、そこに座って」

カップの一つを海側に置き、台所を背にして炬燵に入る。

「マチス、好きなの？」

「色と形が洗練されているので」

「確かにそうだな」

「私、里村さんの絵も好きです」

「俺のはまだ印象派だけどね」

信夫は笑ってコーヒーを口にする。河村も一口飲んで味を褒めた。しかし眉を寄せて言う。

「私たち喧嘩したのです」

「へえ、きっかけは？」

「私が結婚を言い出したから。でも、すぐではありません。学校が半年あるし、一年間の実習もあります。だからその後です」

河村は三十七歳で、小柄だがかなりの美人である。一年前、美容師になるため会社を辞め、専門学校に通っている。

「それはいい。俺もそんな人が欲しいよ」

「でも、はっきりしないので、問い詰めたのです」

彼女は眉を寄せた。

「いまスナックでアルバイトをしてるでしょう。それを気にしているのかと思って」

「それはないよ」

「藤井さんも言いました。でも、そこで知り合ったので、それがいけないのかと」

「大丈夫、君はいい女だ。俺も店に行ってよく分かった」

信夫は頷いた。

「いい女は外見もだが、心が大事なのだ。君はどの客にも笑顔で接したし、休まず体を動かしていた。だから感心した」

「でも、嫌な事はたくさんあります」

「分かるよ。店の女性同士もあるだろう」

「一生懸命やると嫌われます。ママは喜びますが」

「君を目当てに客が来るしね。しかし適当にしないと体を壊すよ。いまは若いからいいが」

「藤井さんにも言われました。でも、店に出るとそうはいかないのです。手は抜きたくない性分なので」

「しかし身内なら心配するよ。すごく持てるじゃない」

「でも、店以外では付き合いません。親しくなったのは藤井さんと里村さんだけ」

「ありがとう。しかし一日置きでも大変だろう。もう半年くらいになるのかな」

「その最初の日、藤井さんが来たのです」

「じゃあ、縁があるね」

「実は私の日によく来ました。カウンターの端に座って、いつも笑みを浮かべているのです」

「それに君の詩を作ったろう。あれは本気と思うよ」

「そうでしょうか」

「だめだな、自信持たなきゃ。男はいい女を簡単には捨てない。だから堂々としていればいいんだ」

河村はコーヒーを口にして、真剣な目をした。

「それなら里村さんはどうなのですか。彼女、いたのでしょう?」

「彼に聞いたの」

「三年前に別れたという事だけです」

「まあ、いろいろあってね」

「でも、多くは男の人が捨てるのでしょう」

「それはどうかな。ただ、逃げる事はあるが」

「え、どう違うのですか?」

「捨てるは積極的な行為だが、逃げるは弱い。つまり男も悩んでいるわけだ」

「はあ……」

「仕方ない。俺は逃げた口だが経験を話そうか……。相手は十八歳の新入社員で、知り合ったのは会社の英会話サークルだ。俺は寮にいて車を持っていた。家がその先なので送って行き、別の日も会うようになった。そして近場をドライブしたり、モデルにして絵を描いた。エッチな事もしたが、最後の一線は越えなかった」

「どうしてですか」

「俺は画家になるため会社を辞めようと考えていた。そろそろと思ったとき、知り合った」

「では、初めから別れるつもりだったのですか」

「もちろん将来も考えた。しかしその気にならなかった。それでは普通なのだ」

信夫は首を振った。

「つまり一生がほぼ分かるわけ。俺は入社以来その考えだから、仕事は頑張った。しかし後は自分のために時間を使った。といっても同僚との付き合いを少なくする程度で、完全に切り替える事はできない。それで自由を選んだ」

「絵は賞とか取ったのですか」

「公募展に入選した程度だ。だから迷ったが、自分を試したかったのだ」

「それはいいですが……」

「確かに交際はできる。しかし別れた。その方が互いにいいと思ったから」

「どうしてですか」

「俺は自分の好きな事をする。ただ、将来は分からない。だからそんなところへ引き込みたくなかった」

「彼女は承知したのですか」

「分からない。俺が一方的に話しただけだから」

「え……」

「会社の帰りドライブに行って告げた。それは期待と違ったらしく、そのまま顔をこわばらせて俯いている。ふと今のは冗談と言いたくなったが心を鬼にした。そして別れる理由や絵への思いを強く語った。彼女には次の事を考えて貰いたかったからだ」

「どれくらい付き合ったのですか」

「七か月……。丁度、いまごろ別れた」

「まあー」

「もちろん憎まれても仕方ない……。そして一か月後、会社を辞めて故郷に帰った。そこで二年過ごしてここに来たのが一年前だ。また彼女の家に近くなったが連絡はしない」

「藤井さんも私が邪魔になったのかしら」

河村は顔をしかめ、信夫は声を強めた。

「俺は相手が十八だからそうした。傷ついたと思うがやり直しはきく」

「私はそうはいきません」

「いや、まだ若い。それに美容師になるだろう。経済的にも強い味方になるじゃない」

「だから話したのですが……」

「それが負担かもしれない。男にも意地があるんだ。俺なら喜んで受けるけどね」

信夫が軽く笑うと、河村は顔を赤くした。

「ところで美容師をどうして選んだの。前はＯＬと聞いたけど」

「女は補助的な仕事しかないので嫌になったのです。美容師は腕次第なので決めました」

「ますますいいね」

「それよりこの前の個展、評判はよかったのでしょう?」

「なんとかね。しかしあれを続けないといけない」

「大変ですね」

「だから別れた。しかし彼も頑張ってるね」

藤井は三度目の詩集を、信夫の個展に先駆けて自費出版したのである。

「あの店のシリーズは面白い。彼には繊細な感性と洞察力があるよ」

「でも、はっきりしないから困るのです」

河村は深い吐息をついた。そのとき階段を上る足音がした。信夫が顎を振ると、表情を引き締めて耳を澄ました。

軽快なリズムが一瞬止まり、再び同じリズムで下りていく。そしてバイクの音が高く響き、山裾の道を左方へ去った。

「郵便だな……」

信夫が戸口からのぞくと、白い封筒と葉書が廊下の端に重ねて置いてある。

「やはりそうだ」

河村に頷いて廊下に出る。郵便物を手にして外を見ると人の気配はないが、足元に爪先を向けたハイヒールが並んでいる。黒い皮の縁にしわが寄り内部も一部すり減っている。外側に向け直そうかと思ったが、そのまま部屋に戻った。

葉書は個展の案内で、三枚あった。二枚が信夫、一枚が藤井宛で封筒もそうである。差出人はいつもの女性の名前だった。

「ほら」

二つを重ねて天板に置くと、河村は封筒を手に取り裏を返した。

「田舎のお母さんだ。時々来るようだな」

封筒は軽く頷いて炬燵に戻し、葉書を手にする。それは片面に石造りの街と運河の絵がカラーで印刷されている。

「きれい。ベニスだわ」

「現地に行ったんだ……」

「里村さんは行かないの」

「俺は飛行機、苦手なんだ」

笑って本棚の上の時計に目をやると、一時十分前である。

「あ、昼を過ぎてる。じゃあ、食事に行くか。ご馳走するよ」

「でも……」

「大丈夫。この様子ではまだ帰って来ないよ」

「どこへ行ったのかしら」

「さあ……。だから後で電話したらいい」

信夫は河村を廊下に出して、洋服ダンスの扉を開けた。

人形はシーツの上に座っている。背広の間に顔があり、大きく開いた目が見えた。それに軽く頷き扉を閉める。そしてコートを着て郵便物を掴んだ。廊下に出ると河村が少し先で待っている。

「これを入れておくから」

隣のドアの下に差し込んだ。そして靴を出し、鍵を掛けて手に持つと、河村は戸口に向かった。

「時々こうするんだ。すぐに出れるから」

靴をはいて頷くと、河村は笑みを浮かべ、階段を下りた。

「駅前の天ぷら屋だが、いいか？」

下で並び、信夫は言った。近所は再び戻って来れるので、遠くに決めたのだ。

河村は頷き、先の海岸道路に出ると海が見えた。湾曲した砂浜とそれを取り巻く街並みが左方に広がっている。背後は直線の道路が家並みに沿って短く見える。その角からバスが現れ、二人は前方に走った。

停留所は十数メートル先にあり、初老の女性が一人いた。バスに乗ると前に進み、河村は後方に行った。そして最後部の席に入る。その間、窓の外を見た信夫は目を見張った。

岩場に若い女が立っている。細身の体で、黒の短いコートに黒いブーツをはいている。ポニーテールの後ろ姿が横を向きかけた時、河村が腰を下ろし、信夫も横に入った。しかし彼女はまだ前を向いている。あと一、二秒遅らすと女の顔を見れたと悔やんだが、もうその時間はない。バスは動き出し、河村が顔を向けた。信夫は軽く笑って席に座り、窓外に目をやった。

沖の右手に、ヨットが数隻浮かんでいる。それは白い帆を光らせて同方向に進んでいた。

「俺も暇だが、あそこに遊んでいるのがいる」

顎を振ると、河村も目を向けて頬を緩めた。

今日も前方の砂浜に多くの人影が見える。信夫は岩場の女を振り返りたかったが、もう遠く離れている。いや、河村に気付かれたくないのでそのまま海を見ていた。

バスは密集した家並みに入った。停留所も順に停まり乗客が増えた。やがて広い交差点を曲がると、前方にJRのガードが見えた。その先でバスを降り、ビルの間の細い道に入る。左右はお屋敷風の家が増え、手入れされた樹木が塀の上にのぞいている。その中程に玄関を店の造りにして暖簾を下げた家があった。

「最近見つけたんだ。庭に池があって落ち着くよ」

格子戸の中は、一間の土間が奥に延び、突き当りに大きな暖簾が下がっている。そこまでが客室で、右手に広い座敷と個室が一段高く並んでいる。

式台は個室の前にあり襖が半分開いている。中に中年の女性が数人いたので、河村に頷いて広い座敷を奥に進んだ。

「いらっしゃいませ」

小柄なお婆さんが、暖簾の陰から現れて頭を下げた。

信夫は壁際まで進むと、奥に河村を座らせ、座卓を挟んで向き合った。

「ほら、鯉がいる」

「ああ、きれい」

各種の緋鯉が窓の下の水面を彩っている。お婆さんは笑みを浮かべて横に立っていた。

「竹定食、二つ下さい」

信夫は顔を上げて明るく言った。

天ぷらは土間の向こうで揚げるのである。すぐに頑固そうなお爺さんが現れて作業を始めた。お婆さんはお絞りとお茶を運んでくる。二人の前に並べた時、個室の客が帰り始めたので側に行き、話し声が大きくなった。履物が出て皆は土間に下りた。声はさらに賑やかになるが、信夫はあえて振り向かず庭と池を見ていた。すると背後が急に静かになり、お婆さんがそっと奥に入った。

「ほんとに落ち着きますね」

河村は茶碗を両手で抱えて、目を細めた。

池の周囲に配置した大小の石と庭木のバランスが快い。隣家の境は高い竹垣で、手前に太い幹が並んでいた。上の枝は短く切られ、青い空に黒々とした姿を浮かべている。

「二人の貸し切りになったからね」

「いいんですか……」

河村は土間にそっと目を向けた。お爺さんが一人作業を続けているのだ。

「昼時を過ぎたからだ。ここは彼にも教えてないから今度一緒に来たらいい」

「そうですね」

やがて大きな木箱が運ばれて来た。竹は二番目のランクだが品数が多く、見た目も豪華なので、河村は軽い声を上げた。それから料理を話題に箸を進めた。そして和菓子のデザートとお茶になり河村が真剣な目をした。

「藤井さん、やはり旅行でしょうか」

「今日帰らないとそうなる」

付き合いは一年であるが旅を好むのを知っている。それも一人で行くのだ。いや、誘われて一度行った。しかし強行軍で駅のベンチで一晩寝た。それで次からは遠慮したのだ。

「何がいいのかしら」

「自分と向き合うためだ、現実からの逃避と思うかもしれないが、彼の場合、厳しいのだ」

信夫は頷いた。

「つまり楽な旅はしない。例えば一日中歩いて移動し、時に野宿もする。精神はどうか知らないが、体を痛めつけているところがある」

「私もそんな気がします」

河村は声を潜めた。

「一緒に行った事はないですが、お金を切り詰め、かなり無理をしているようです。それに感心した事もありますが、今は怖い気がします」

「体が丈夫だからね。それなら思想も健全になる。だからわざと不健康にして何かを掴もうとするんだ。その何かも本当は分かっていると思う。たぶん踏ん切りがつかないだけだよ」

「それが心配なのです」

「大丈夫、君はいい女と言ったろう！　俺もそういう人が現れたらどうなるか分からない。いや、いい意味でだよ。だから結論は早いと思う。それに彼を信じてるんだろう？」

「はい」

「それなら心配ない」

笑ってお茶を飲むと、河村も口に運び笑みを浮かべた。それで信夫は軽く言った。

「そろそろ電話してみるか」

河村は携帯を操作したが、応答はなかった。

「まだ二時間だからね」

時刻は三時五分前で、もう客が来る様子はない。急いでお婆さんを呼び、勘定を払った。

そしてバス通りに向かう途中、体を向けて言った。

「もう、家に帰るか」

「里村さんは？」

「俺は帰る。用事があるし」

「そうですね……」

「大丈夫。彼が帰ったら電話させるから」

バス通りに出て横断歩道を渡ると、広い歩道を人々が歩いている。二人も流れに乗って、大きなビルの角を曲がると、

「あ、バス！」

駅前広場で、河村が左に並ぶ一台を指差した。

「じゃあ、早く行って」

顎を振ると、頭を下げて駆け出した。手を挙げて車の陰に隠れるとバスは動き出した。その窓に笑って手を振る顔が見える。信夫も笑顔で手を振った。

自身のバスは右側に停まっている。しかし前を通り過ぎ、タクシー乗り場に行った。客は二、三人で、待つ間もなくシートに座った。

行き先を告げ、海岸道路経由を指示する。そして左右の歩道に目をやった。海岸道路に入ると、さらに視線を動かす。黒いコートにブーツの女を探しているのだ。

そして岩場の前の小さな公園に着いた。若いカップルがいたが女の姿は見えない。念のため、擁壁の下をのぞいてアパートに帰った。

隣の部屋の郵便物はそのままで、ドアも鍵がかかっている。急いで部屋に入り、タンスを開けると人形の顔が見えた。

「いたか。じゃあ、交番に行くよ」

その目に頷き、外に出す。再び炬燵にもたせて座らせ、横にカバンを置いた。

それから押入れで、二つに折った紙袋を見つけた。毛布を買った時のもので、手提げの紐が付いている。その付け根と底を粘着テープで補強し、人形を座らせる。袋は横に膨らんだが、手提げの紐を締めると姿は隠れた。

カバンは石鹸を包んだタオルと共にスーパーの袋に入れる。両者を左右に持ち、アパートを出た。交番は家並みの中を走るバス通りにある。しかし近くの路地から旧道に入り、先でバス道路に出た。

「すみません!」

小さな建物の引戸を開けて呼ぶと、中年の警官が現れた。そこで人形とカバンを見せると、落とし物の届けはないと言う。拍子抜けしたが、手続きを進め、最後に職業を聞かれた。

「無職の絵描きです」

「じゃあ、いつもアパートにいるのですね」

「だいたいそうです」

「分かりました。持ち主が現れたら連絡します」

交番を出て、風呂屋に行く。中は数人の老人と小さい子供がいた。しかし再び脱衣所に出ると、誰もおらず、テレビだけ点いている。画面を見ながら体を冷やし、服を着た。

帰りは旧道を通った。中程に商店が集まっている。右側で豆腐と油揚げを買い、左で白菜とミカンを買った。

アパートはまた外階段から入る。廊下はいつも薄暗いが、隣のドアの下にやはり郵便物があった。今度は照明を点けて部屋に入る。しかしミカンを盛った盆を炬燵に置くと、ため息をついた。何となく殺風景な感じがしたのである。

「まあ、いいか」

人形を描いたスケッチブックを横に見て、窓を開ける。乾いた洗濯物を取り込むと、家の間に海岸道路と海が見えた。空は色付きあたりに夕暮れの気配が漂っている。しかし風が冷たく、窓を閉めた。

そして料理の本を開く。豆腐と白菜の欄に、湯豆腐はなかった。しかし両者を適当な大きさに切り、昆布を敷いた鍋に並べる。火にかけた後、たれを作り、湯気が出始めた時電話が鳴った。交番からで、人形の持ち主が現れたと言う。

「どんな人ですか」

「若いお嬢さんだよ」

警官は声を弾ませた。

「それでこちらに来れないかな。お礼をしたいと言っているので」

「それはいいです。それよりなくなった物はないですか」

「大丈夫。ちゃんと調べたから」

「じゃあ、行くのは遠慮します。いま手が離せないので」

信夫は素っ気なく言った。若いお嬢さんは気になるが、警官の口調に引っかかるものを感じたのだ。それに鍋が沸騰し始めたのである。

「そうかね。……あ、ちょっと待って」

電話を代わる気配がして、女の声がした。

「では、そちらにお伺いしても宜しいでしょうか」

「いいけど、お礼はいりません」

「分かりました。じゃあ、後程……」

受話器を置き、台所に急いだ。鍋は何とか無事で炬燵に運ぶ。明かりを点けて食べるが、熱くてはかどらない。缶ビールで口を冷し、六、七分で平らげた。流しに運び、他の食器と共に急いで洗う。それから天板を拭き、布団の裾を整えた。

炬燵に入り、新聞を広げる。しかし十数分経っても足音は聞こえず、外はすっかり暗くなった。信夫はカーテンを引いてトイレに行き、帰りに外をのぞいた。

階段と下の通路に人の姿はなく、山裾の道を通り過ぎる影がわずかに見えた。交番からはゆっくり歩いても十分で着く。ふと騙されたのではないかと思ったが、なお十分待ち、腰を上げた。再び疑いの気持ちが生じた事もあるが、時間を無駄にしたくなかったのである。

スケッチブックとミカンを手に部屋を出る。向かいのドアを開けると油の臭いが鼻をついた。長い間入居者は現れないので、アトリエ用に格安で借りているのだ。間取りは海側と逆になる。流しは板で覆い、絵筆を入れた缶や絵具箱を置いている。六畳は安物のカーペットを敷き、キャンバスのままや額縁に入れた絵を、周囲に立てかけている。中央のイーゼルに三十号のキャンバスがあり、電気を点けると夜明け前の水辺の風景が浮かび上がった。

画面の下端を石畳の堰《せき》が斜めに走り、左半分に土手の石垣と、上に並ぶ高い樹木がある。その上空と右の空間に赤みがわずかにのぞく空が広がり、下方に広い川面と対岸の山並みが低く延びている。全体は暗く沈んでいるが水面は空を映してやや明るい。しかしその色合いが気になり、ミカンを食べながら目を凝らした。そしてパレットと絵筆を手にする。空と同じ色を作り川面に細かく散らすと、樹木が暗くなった。それで梢や葉に広げると、今度は明るくなりすぎ眉を寄せた。絵は実景だが配色は感覚である。だからまた青みを加えて調子を整えていたので、廊下の足音に気付かなかった。

「すみません」

声がして慌てて戸口を見た。ドアはどちらも開けてあるが、海側の方である。

「はい！」

声を強めると、足音が近付き、若い女の顔がのぞいた。

「あっ！」

それは人形そっくりで。黒の短いコートに、肩から同色の大きなボストンバッグを下げている。すぐに明るく笑って土間に入り、目を輝かせた。

「絵を描いているのですか、見ていいですか」

足元にバッグを置き、板敷に上がろうとする。信夫はとっさに手で制すと、棚からスリッパを取り出して、正面に並べた。

「すみません」

女はミニスカートから伸びた白い足を入れ、イーゼルの前に立った。そして声を弾ませた。

「私、この絵、好きです」

「ほう……」

「夜明け前のかすかな光に心が落ち着きます。左側に並ぶのは何の木ですか」

「楠。三百年以上経っている」

「まあ、場所はどこですか」

苦笑して故郷の地名を教えると、女は大きく頷いた。

「でも、人家はないですね」

「右の川岸にあるが、桜の並木に隠したのだ」

信夫は思わず告げて顔を赤くした。正直に答えすぎたのだ。すると女は頷き、窓際に並ぶキャンバスに目を向けた。

「たくさんありますね」

「描くのが仕事だから」

「風景が多いけど、やはり故郷のですか」

ミニスカートから伸びた形のいい脚が、横に動いていく。

「いや、この近辺だ」

「あ、これは知ってます」

女は岩場から見える岬の絵に顔を寄せた。階段側の窓の前で、ポニーテイルの髪型と両耳がよく見える。しかし顔を横に向けたので、目を伏せた。

「この人、肌きれい！」

女は押入れの前で腰を屈めた。額縁が前後に重なっていて、海辺の風景の後ろに若い女の顔がのぞいている。前に寄り手前を横にずらすと、裸の胸と腰が現れ、女は目を見開いた。

「歳は十八ですか」

「よく分かるね」

「私も経験したから。では、彼女ですね」

「もう別れたが……」

「どうしてですか」

「俺がこんなことを始めたせいだ。絵で食べていけるかどうか分からないから」

「これなら大丈夫。私が保証します」

女は紅潮した顔で言った。

「ありがとう。しかし時間がかかる。まあ、何十年単位だろう」

「そんなに?」

「もちろん早くなんとかしたいが、運も必要だから」

「厳しいのですね」

「だから彼女のためなのだ」

「いまどうしているかしら」

「三年前だから、もう誰かを見つけていると思うよ」

「美人ですしね。でも、この肌はもうないですね」

女は首を振った。

「これはこの年代に一瞬現れるものです。それを描かれたからこの人は幸せです。いえ、あなたもいいと思います」

「さすがだね。君も素晴らしいが、美容関係の人なの？」

「趣味で研究しているだけです。すみません、生意気言って」

「いや……」

信夫は女をじっと見た。次の絵に向かう姿はやはりスタイルがよく顔も美しい。しかし人形より頬がやや膨らんだ感じで、女らしさが増している。なお目を凝らすと、最後の絵から顔を上げた。

「それで、君は？」

「あっ、人形がお世話になりました」

女は顔を赤くして、頭を下げた。

「いや、惜しかったけどね」

「えっ……」

「見事な作品だ。それで届けたんだ。しかし君はどうしてあんなことをしたの？」

「そのことで伺ったのです。話が長くなりますがいいですか」

「それなら向こうの部屋に行くか。炬燵があるしお茶も出せるから」

「はい」

「じゃあ、先に出て。スリッパは、はいてていいよ」

電気を消して廊下に出る。ドアに鍵を掛けて振り向くと、女は戸口の横で待っている。信夫は先に部屋に入ると、振り返って海側の席に腕を振った。

「そこに座って」

女は横にボストンバッグを置いて炬燵に入り、信夫は冷蔵庫の前で声を上げた。

「ミルクティーを作るが、それでいい？」

部屋に回しかけた顔が、こちらを向いて笑みを浮かべた。

「テレビを点けていいよ」

しかし首を振る。信夫は牛乳を鍋に入れて火をつけた。振り返ると、女は炬燵を出てコートを脱いだ。下は赤いセーターと黒い皮のミニスカートで、体の線がはっきり見える。

「あ、ハンガーあげるよ」

洋服ダンスから出して、側の壁に掛けさせた。

「炬燵だけで寒くないか」

「いえ」

「でも、ドアは閉めるよ。風が入ってくるから」

今日も窓ガラスが小さく鳴っている。戸を閉めると、牛乳にティーバッグを浸した。それに砂糖を加え、二つに分けて炬燵に運ぶ。女が口にして頬を緩めると、信夫は言った。

「じゃあ、話を聞こうか」

「その前に、これを見て貰えますか」

女はバッグから人形を取り出した。それは薄いピンクのドレスに真珠の首飾りを付けている。

そしてドレスからのぞく足に、赤い靴をはいていた。

信夫が目を見張ると。女は外階段側の窓に顎を振った。

「さっき、そこのホテルで着替えさせたのです」

「えっ、あそこにいたの！」

声が裏返った。山裾の道を少し行って海岸道路に出ると、小型のホテルがあるのだ。

「三日いました。でも、さっきチェックアウトしたのです」

「じゃあ、俺の事は知っていたの？」

「こちらに来てからですが」

「俺は毎日海岸を散歩するからね。しかし岩場に行ったのは昨日だけだ」

「その直前に捨てたのです」

「捨てた？」

「誰かいい人に拾って貰おうと思って。それは実現したのですが、交番に届けられたでしょう。

それで改めてお願いに来たのです」

女は膝に人形を上げて、大きな目を向けた。

「この子はここに置いて貰えませんか。もちろんお金はいりません」

「それは構わないが、もっと詳しく話してよ」

「そうですね……」

女は唇を濡らして、口を開いた。

「私は二十四歳ですが、この子は二十歳の時、ある有名な人形師の方に三分の二のサイズで作って貰ったのです。もちろん裸になり、全ての寸法を測られましたが、恥ずかしくはありませんでした。私は体に自信があったし、永遠に残しておきたかったのです」

「それは成功している」

「でも、苦痛になりました。人形と比べて私は醜くなっています」

「そんなことはない。君は若いしとてもきれいだ」

「いえ、この体型を維持するのはもう無理です」

「当然だよ。生きてる証拠だからいいと思うよ」

「あなたは私がお婆さんになっても、美しいと思いますか」

「お婆さんは極端だが、年代毎のよさはあるからね」

「私は耐えられません。いえ、若さが一番と思います」

「そういう考えなら、年を取っても若くいられるよ」

「まあ！」

「ごめん。しかし君の美意識はすごいね。絵を見た時も感じたが」

「性分なのです。だからいい時期が短いのが悔しいのです。いえ、心が落ち込みます」

「思い通りいかないのが人生だ。しかし我慢しているといい時期が来る。君ならいくらでもあると思うよ」

「待つ時間が怖いのです。それに老いは必ず来ます。そんな誰にも分かる事を続けたくありません」

「それは分からないでもない」

信夫は小さく頷いた。

「君と内容は違うが、俺も普通の生活をやめて絵を描いている。しかし先は未定だ」

「それは努力次第で何とかなります。でも、この体はそうはいきません」

女は眉を寄せ、上体を大きく揺すった。

「確かに君の方が答えは早く出そうだね。それで人形が嫌になったの？」

「この一年、何度か捨てようとしたのですが、いざとなると迷い、昨日やっとできたのです」

「では、見張っていたの」

「ガソリンスタンドの並びにある喫茶店です」

「交番に行ったのもそうか」

「それは偶然です。やはりあの喫茶店で海を見ていると、あなたが通ったので、後をつけたのです」

「午後、君は岩場にいたね。俺が女の人とバスに乗ったのも見たろう」

「きれいな人ですね。昼前、山裾の道ですれ違い、廊下に上がるのを確認しました。岩場にいたのは、最後の別れをするためです」

女は小さく笑った。

「次の予定があるものですから……。ところでその人、何か言いましたか」

「いや、部屋に入る前、そのタンスに隠したから。誰か分からなかったし、余計な詮索をされたくなかったんだ」

信夫は軽く頷くと、笑みを浮かべた。

「じゃあ、人形は預かるよ。気が変わったら取りに来ればいい」

「それはしません。だから大事にして下さい」

「もちろんそうする」

信夫は両手で受け取り、膝に腰掛けさせた。

「やはり君にそっくりだ。それにこのドレス、花嫁衣裳みたいだね」

「今回、特別に作ったのです。どんな感じですか？」

「着物とは別の魅力がある」

「よかった。下着は迷ったのですが」

ドレスの生地を通して、胸と腰に白い布が見える。

「赤がよければ替えますが」

「難しいところだね。色じゃなくて下着だよ。この体なら何も着けない方がいい」

「やはり着物を脱がされたのですね」

「身元を調べたかったんだ」

信夫が苦笑すると、女は言った。

「もう全て見られたから、気取っていても仕方ないですね」

「俺は人形を見ただけだよ！」

「いいです。それで今晩ここに泊めて貰えませんか。もう宿を探すのは面倒なので……」

「それはいいが、布団は男臭いよ。女性を泊めた事はないので」

「昼間の人は？」

「友達の彼女だ。隣の部屋だがいま行方不明なんだ。黙って旅行に行ったので、心配して来たんだよ」

「何かあったのですか」

「女には分からない考えが男にあるという事だ。それは逆も言える。例えば君がこの人形を作って嫌になるのもそうかな」

「それは言わないで下さい。それより何か食べに行きませんか。泊めて貰うと決まったら、急にお腹がすいたのです」

女は腹部を軽く押さえて言った。

「このあたりでは、もうスナックしかないよ」

時計は十時十分前を差している。

「いいです！　お酒も飲んでみたいし」

大きな瞳を輝かすので、信夫は小さく笑って腰を上げた。

「じゃあ、ちょっと手伝って」

女に人形を持たせて、本棚の上のテレビと電話を片側に寄せる。そこに座らせ上半身をカーテンごと窓に押し付けた。そしてドレスの裾を伸ばして赤い靴をのぞかせた。

「これも……」

女は着物の包みとカバンを差し出す。それは重ねて前の畳に置いた。

二人はコートを着てアパートを出た。店は喫茶店の先にあり、路上に店名を記した看板が白く浮かんでいる。中は四、五人座ると一杯のカウンターと、土間に小さいテーブルが二つある。既に中年の男性が三人カウンターにいたので、手前のテーブルに向き合って座り、ビールと二、三の料理を頼んだ。

「乾杯」

グラスを合わすと女は一気に飲み干した。信夫は目を見張り、カウンターの男たちも遠慮のない声を上げた。

「お嬢さん、いけるね」

女は顔を寄せてささやいた。

「私、酒乱じゃないから大丈夫よ」

「じゃあ、もう一杯いくか」

ビールを満たすと、今度は口を軽くつけてグラスを置いた。しかし男たちは何度か振り返る。

初老のマスターもカウンターの中で笑顔を見せた。

「お嬢さん、美人だね」

やがて近くの男が、信夫を遠慮がちに見て言った。

「お世辞を言われても、何も出ませんよ」

女は顔を向けて首を振り、信夫も苦笑してお通しのモズクをつついた。それから料理が来て、ビールを追加した。

「おいしい!」

女は食欲も旺盛である。皿が寂しくなったとき、カキフライが届いた。

「それはこちらさんの奢《おご》り」

マスターが右端の男に腕を振った。

信夫は礼を言って頭を下げ、女が言った。

「私が何も出ないと言ったから、気を使って下さったのですか」

「それはここの名物だから、ぜひ賞味して貰いたいと思ってね」

「ああ。では、いただきます」

女は一口食べて頬を緩めた。信夫も口にして大きく頷く。

「ほんとにいけますね！」

二人が声を弾ませると男たちは明るく笑い、マスターが頭を下げた。

「これはこちらのお客さんから」

マスターの奥さんがビールを二本置いて、左端の男に手を向けた。

「どうもすみません」

女は振り向いて礼を言い、信夫も頭を下げた。そして顔を見合わせ、首をすくめた。

それから男たちの質問が続いた。しかし女は適当に受け流し、話題を発展させる事はなかった。信夫はアパートが近いのと、絵を描いている事を教えただけである。

やがて追加の料理が空になり、ビールも飲めなくなったので、清算を告げた。

「また来なさいよ」

「はい。どうもごちそうさまでした！」

頭を下げて戸を閉め、女に体を向けた。

「おかげでだいぶ得をした」

「少しは役に立った？」

「大いに立った。やはりすごいね！」

耳元で頷くと、女は上気した顔を寄せた。

「なにが？」

肌はつややかに輝き瞳が妖しく光っている。信夫は慌てて言った。

「酒に強いじゃない。ビールを三本近く飲んだんじゃないか」

「でも、もうだめ！」

女は顔をしかめ上体を大きく揺らした。とっさに腕を掴むと、肩を寄せ深い吐息をついた。

「あんなことしたの初めてよ」

「一気飲みか」

「一度やってみたかったの。もう、これで満足……」

女は頬を緩めて目を閉じる。しかし体は次第に重くなる。やがて足を止め、首を垂れた。

「よし、待てよ」

前に回り腰を屈める。背中に密着させて立ち上がると、両腕を首に回して顔を押し付けた。

そのまま腰を支えて歩くと、荒い息を吐き眠りに落ちた。

「よし、着いたぞ！」

部屋に入ってもぐったりしている。板敷に横たえてブーツを脱がし、奥に寄せた炬燵の手前に布団を敷く。それからコートを脱がし布団に移した。女はセーターを掴んで首を振る。裾をめくると、体を浮かして脱がし易くした。それはスカートに及び、絹のスリップ一枚になった。ブラジャーとショーツが透けて見えるが、布団を被せて肩の周りを押さえた。

信夫の寝床は炬燵である。窓の下に枕を置くと、蛍光灯の明かりを一つ消して廊下に出た。隣の部屋は暗く、郵便物も残っている。トイレを済まして玄関の土間と外階段をのぞいたが、どちらも人影はなかった。

沓脱に女のブーツが転がっている。上部を伸ばして二つに折り、爪先を前に向けて置いた。部屋に入ると女は顔を振った。そして口をしきりに動かす。

「なに水か?」

グラスに満たして枕元に座ると、目を開けた。その背中を支えて上半身を起こし、グラスを渡す。女は一気に空けて大きく息を吐いた。

「大丈夫か」

「ちょっと、トイレ」

「じゃあ、これを着て行け」

自身のコートを肩に掛けてやり、廊下に出て場所を教える。女はふらつきながら歩いていく。戸口に達したので部屋に戻り、寝間着に着替えた。

人形は本棚の片側にこちらを向いて座っている。初々しい姿を眺めていると水を流す音が聞こえ、急いで残りの蛍光灯を消した。明かりは豆電球だけである。炬燵にあお向けに寝ていると、女が台所で声を上げた。

「もう、寝たの?」

「ああ。襲わないからドアに鍵を掛けてよ」

女は軽い息を漏らし、鍵の音をさせた。そして頭上に来て言った。

「そこは風邪を引きます」

「慣れているから大丈夫。君も早く寝ろよ」

「でも、困る」

首を振り、脚がもつれた。

「ほら、まだ酔ってるだろう。早く布団に入れ。君こそ風邪を引くぞ」

「分かった」

女はコートを脱いで天板に置く。

「あ、寝間着を貸そうか」

スリップ姿に声を掛けると、首を振って布団に入り、肩に引き上げる。そして顔を向けて、小さく笑った。

「じゃあ、おやすみなさい」

顔を戻して目を閉じると、信夫も目を閉じた。しかし豆電球が眩しいので、女に断って立ち上がり部屋を暗くした。ただ、ドアの小窓から廊下の明かりが入ってくる。それが女の横顔を影にし、輪郭が美しく光った。

信夫は顔を戻して目を閉じた。まだ十二時を過ぎたばかりで眠いわけではない。それに女に素っ気なくした悔いがあった。本当は側に行きたいが、もう遅いのだ。それで人形と女の体の線の微妙な違いを思い浮かべていると、いつか眠りに落ちていた。


「ねえ、起きて下さい！」

耳元で呼ぶ声に目を開けると、女の大きな瞳が間近にあった。

「おう、どうした」

「なんだか眠れないの」

白い顔の下に裸の胸と膝が見える。腕を伸ばすと冷えた太腿に触れた。

「ずっとこうしていたのか」

「何度呼んでも起きないんだもの」

「よし、そっちに行くから布団に戻れ」

それから横に滑り込むと、女は体を寄せた。肩を抱くと腰を密着させ、脚をからめてくる。

「あーあ、こんなに冷えて」

冷たい体に自身も脇腹が固くなる。信夫は横を向き、女の背中を強くさすった。

「でも、少しも寒くなかった」

「若いね。どうして裸になったんだ」

「それよりボタンが痛い。あなたも脱いで」

寝間着の襟を引っ張られ、下着と共に、外に押し出す。そして体に触れ、乳房から下腹部に集中すると、女は声を漏らし、全身を反らせた。それからしばらくして、かすれた声で言った。

「あんなになったの。今日が初めて……」

信夫は腕を首の下に差し込み、肩を抱く。すると女が手を伸ばして信夫を掴んだ。

「さっきのお返し」

そして布団に潜り、口に含む。信夫はその顔を引き上げ、大きな瞳に言った。

「君はそんなこと考えなくていいの」

女は顔を赤らめ、悲しそうな目をした。

「本当はこうしたいのだ」

上に被さり、両脚を大きく開いた。


電話の音が鳴っている。急いで布団を出て受話器を取ると、声が詰まった。

「寝てたの」

隣の部屋の藤井である。信夫は唾を飲み込み、喉に力を入れた。

「もう起きるところだった。いまどこ？」

「山奥の宿。いやＪＲの駅だよ」

藤井はおよそ三百キロ離れた町名を告げると、河村に結婚を申し込んだと告げた。

「おお、彼女喜んだろう」

「しかしお前に悪いと思って」

二人は世間との交流を避けて、夢を実現する努力を続けている。だから互いを頼みにするところがあった。

「大丈夫。俺も女の一人や二人、いない事もないから……」

信夫は布団を振り返って目を見開いた。その姿がないのだ。それにボストンバッグとコートが消えている。慌てて顔を動かすと、人形は白いヴェールを被り、頭に金色のティアラを光らせていた。

「……」

「おい、里村！」

「何でもない。ちょっと手が滑《すべ》ったんだ」

「そうか。じゃあ、詳しい事は帰って話すよ」

「おう、じゃあな」

受話器を置いて目をしばたたいた。人形は右手にブーケを持ち完璧な花嫁姿である。それで妙な胸騒ぎを覚えた。しかし冷気が厳しいので下着を付け、ズボンとセーター姿になった。炬燵の天板に自身のコートが畳んである。側に今日の朝刊が置かれ、端に白い紙がのぞいていた。

とても寒い朝です
お陰で、いい思い出が出来ました
人形は私です
永遠の感謝と共に旅に出ます
八時五分　　　　やすこ

信夫は顔をしかめた。もう九時三十分なのだ。それに文面が気になる。いや、不吉な予感に、コートを掴んで部屋を出た。

外は今日も明るい日差しに溢れている。海岸道路は車が行き交っているが、バス停は誰もいなかった。時刻表に八時台は三便ある。海側も同様でどちらも十数分でＪＲや私鉄の駅に着くのだ。そして五分後、次の便があった。しかし考え直して交番に行き、女の情報を得た。

名前は寧子《やすこ》で、署名と一致する。住所は電車で二時間くらいの距離にあった。公衆電話を掛けると、若い女が出た。信夫は高校の同級生と偽り、彼女の所在を聞いた。

「お嬢さんは旅行で、いまいません」

「では、携帯を教えて貰えませんか。急用ができたので」

「それはできませんが、ご用件はお伝えできます。でも、電源を切っている事もあるので、時間がかかるかもしれません」

「いいです。では、人形の事と言って下さい」

「人形をご存知ですか！」

「ええ、よく連れて行くのですか」

「今度が三度目で、少しお金をかけておられました。あっ、それでどちらに連絡すればいいですか」

信夫は携帯はないと告げて、固定番号と名前を伝えると、明るい声で電話を切った。お手伝いさんのようであるが、変わった様子はない。しかしまた不安になった。不意にいなくなったのと、あの文面である。

時刻は十時になろうとしている。急いで海岸道路に戻り、海と岩場を探した。そして西の岬まで行ったが、成果はなかった。ただ、あの時間に何かあると誰かに見つかるはずである。周囲にそんな様子はないので引き返した。部屋で電話を待とうと思ったのだ。

小型のホテルの先を入り、山裾の道を進む。七、八軒の家を過ぎて、アパートの前に出た。左手に同じ幅の道が逆の傾斜で接している。それは裏山の頂上に通じ、海がよく見える。ふと上から確かめたくなり、一段高い路肩に上がった。

道は急な崖の下を真っ直ぐ上っている。端にガードレールが付くと、家並みは目の下になり、先に岩場と海が続いた。やがて前方に岬が見えてくる。振り返ると横に続く山の向こうに密集した市街地と、右に大きく湾曲する砂浜が見えた。

白い波が次々に押し寄せている。広い海面は沖合にヨットが見えるだけなので、水際に目を凝らす。しかし浮遊物はどこにもなく、さらに坂道を上った。

頂上は山の中央が平らに削られた広い草地で、奥に同型の家が横に並んでいる。そこは谷間の旧道に繋がっていて、こちらを通る人は殆どいない。いまも誰にも出会わなかったし、草地の間の道や家並みの路地に人の姿はなかった。

海は遥か下方に大きく広がり水平線が遠くに見える。端の木の柵から下方をのぞくと、車が行き交う海岸道路と岩場が見えた。信夫はまた海面に目を凝らしたが、ため息をついて柵を離れた。

草地は鉄条網に囲まれている。その角に破れ目があり中に入った。そこは海側に石垣が続き、奥に行くほど見晴らしがよくなる。ただ、半ばからススキの茂みになるので、手前に坐るのだ。しかしその場所に、黒いバッグを見つけて目を見張った。

半分潰れているが女のボストンバッグである。慌てて周囲を見たが姿はない。急いで側に行くと、土が露出した足場にブーツの跡があった。それは斜面を上り草地に消えている。その痕跡からここで休み、急いで移動したように見えるのだ。

信夫は海ばかり見ていたのを悔やんだが、先の茂みを探し横の草地に目を凝らした。しかし女の姿はなく、眉を寄せて視線を上げた。

削り残された山が正面に高く広がっている。急な斜面は樹木に覆われているが、縦に浅い谷間が二か所見える。その海側に行くと、土の斜面にブーツの跡があった。さらに上の落ち葉が深く踏まれている。跡をたどり、浅い溝を上ると、樹木が頭上を覆った。

風が梢を鳴らしている。なおも足跡を追うと、上で甲高い音が響いた。携帯の呼び出し音である。しかしすぐに切れて、梢が鳴った。信夫はしばらく耳を澄ましていたが、

「やすこ！」

大きく叫んで斜面を上った。また不吉なものを感じたのだ。そして太い幹を回ると、足元が平らになった。五メートルくらいの幅で、横にまた急斜面が続いている。空が見えるが、前方に横たわる人影があった。白い膝小僧と薄茶のブーツの縁が、茂みの間にのぞいている。

「やすこ！」

再び声を上げて近付くと、女はあお向けに横たわっていた。黒いコートの襟にのぞく顔は、やや痩せた感じであるが頬は紅潮し、健康を損ねているようには見えない。ただ、唇の端が歪んでいるので、一メートル手前で足を止めた。するとさらに唇を歪め、固く閉じた瞼に涙が浮かんだ。

「薬は飲んでないだろうな！」

思わず声を強めると、かすかに首を振り、目尻から涙が落ちた。

「じゃあ、どうしてここにいるんだ」

膝をついて顔を寄せると、瞼に涙が溢れた。

「まあいい。君がいたから」

信夫はコートの上から乳房に触れた。

「しかし本当に心配したんだよ」

掌を動かすと、女は涙に濡れた目を開けた。顔は羞恥に歪んでいる。しかし瞳に安堵の表情を見つけて、信夫は声を弾ませた。

「いや、嬉しいんだ。もう会えないかと思ったから」

「本当にごめんなさい……」

女はまた涙を浮かべ、信夫は顔を近付けた。そして唇を重ねると、顔を上げて言った。

「よかった。ここは寒いからアパートに行こう。そこで訳を聞くよ」

「はい……」

女はハンドバッグを拾って立ち上がり、信夫はその背中をはたいた。それから先に立ち、山を下りた。

「ああ、人形はそのままですね」

寧子は布団の端を通り、本棚の前に座った。信夫は押入れに布団をしまい、中央に炬燵を出す。そして顔を向けると、彼女は人形を抱いて涙ぐんでいた。

「じゃあ、ここに入って。ミルクティーを作るから」

やがてカップを天板に置くと、寧子は人形を畳に置いて頭を下げた。

「また会えると思わなかったから」

「気が変わったら、持って帰っていいよ」

「いえ、今度は助けて貰ったお礼にしたいのです」

信夫が目を見張ると、寧子は言った。

「一年前、私は人形と命を終える覚悟をしました。しかし旅に出て、人形を残す気持ちが強まりました。ただ、単に誰かに渡すのではなく、生死を分ける試練を克服する事を条件にしました。人形ができなければそれまでですが、達成すれば私は安心して行動できます。そして今回それが実現しました。だからすぐに去ればよかったのですが、交番に届けられたので、次の手を打ったのです。そしてあなたに興味を覚えました。私も絵が好きで、つい甘えてしまいました。いえ、最後の経験をしたかったのです。それで朝は早く目覚め、人形に細工をしました。そしてブーツで階段を下りました。脚が少しつった感じは昨夜のせいと気付きましたが、交番の先の私鉄の駅に着くころに軽くなりました。でも、それから不思議な事が次々に起こり、思うようになりません。結局、あなたに見つかり生きる考えになったのです」

「じゃあ、もう馬鹿な事はしないね」

軽く睨むと、寧子は深く頷いた。そして互いにミルクティーを口にして、信夫は言った。

「では、何があったか教えてくれる？」

「駅に着いたのは八時十五分ですが、まだ通勤や通学の人でホームはそこそこ混んでいました。それですぐに乗らず、ベンチに座っていたのです」

寧子は顔を赤くして言葉を継いだ。

「そして街の風景や人々の表情が、いままでと違う事に気付きました。朝日が差していたせいもありますが、みんな美しく活気があるのです。それでしばらく人や車の動きを見ていると、体が妙に熱くなり次の電車に乗ったのです。でも、違和感を覚えました。電車は街の中心ではなく、山が迫る方向に進んでいるのです。それで小さなトンネルを抜けたところの駅で、電車を降りました」

「ホームは上下に分かれているが、間違ったんだね。それでどうしたの？」

「次の電車まで時間があるので、線路に沿って歩いてみました。すると左に高く聳えていた山が後退し、谷間が開けました。左右の斜面に家が建ち頂上へ続いています。両端は尖《とが》った山で、間に晴れた空が見えました」

「それは何時ごろ？」

「九時十分です。でも、山に上ってみたくなりました。海が見えると思ったから。実はまだ何となく帰りたくなかったのです」

信夫は頬を緩めると、自身も一度上った狭い山道を思い出して言った。

「で、上はどうだった？」

「頂上は同型の家が並んでいて、路地に広い草地と海が見えました。それで端の柵まで下りて行くと、下方に私が泊まったホテルが見えたのです」

「このアパートも家並みの中に見えるよ」

「はい。元に戻ったので驚きました。それにあの坂道は前に少し上ったのです。通行人に気付かれない位置で、アパートを見ていたから」

「え、いつ！」

「最初はあの夜です。とても寒かったけど、部屋の明かりが消えるまでいました」

「それで分かった。何度か人の気配を感じたから。しかし人形の生命力のせいと思った。それで変な夢も見たけどね」

「えっ……」

「いや、人形には妙な力がある。それで君も苦労したのだろう。あのときはデッサンに熱中して遅くなった。迷惑を掛けたのは謝るが、それからどうしたの？」

「鉄条網の破れ目を見つけて、草地に入りました。そして海がよく見える場所に行ったのです」

「それはススキの茂みの手前だね」

「草が踏みつぶされていて斜面の足場に土が現れていました。そこは石垣の前の道が深く下がっているので海がよく見えました。……私がバッグを忘れたから分かったのですか」

「俺もそこで海を眺めるから」

「やはりそうですか。本当はあなたを思ったのです。でも、もう会えないと考え直しました。私はまだ死ぬつもりでしたから」

信夫が顔をしかめると、寧子は言った。

「海はきれいでした。それも新鮮な驚きで、見ているると携帯が鳴り、あなたが探しているのを知りました。電話番号も聞きましたが、連絡はできません。いいえ、近くにいるのが怖くなったのです。すぐ離れようと思ったけど、どちらに出てもあなたに出会いそうな気がして体が動きません。なお海を眺めていると、後ろの家並みから高級な乗用車が出てくるのに気付きました。それは草地を曲がり、前の道を下りていきました。しかし破れ目から入った後ろめたさを感じたので、小型の手帳を取り出して、詩を作っているふりをしました。その後、犬を連れた主婦が現れましたが草地の途中で引き返し、それからは車も人も通りません。それに家々の窓はこちら側が小さく、人影も見えないのです。私は一人ぽっちの気持ちになりました。そして改めて左右の山を見上げました。そこは人気が全くないので死ぬのはここでもいいと考えたのです」

「その時間は？」

「たぶん十一時前と思います。あそこに一時間以上坐っていたから」

「俺は十時四十分に坂道を上り始めた。じゃあ、俺に気付いて山に隠れたの？」

「あなたは海ばかり見ていたので。でも、薬は後にしました。やはり迷いがあったのです」

「そうだよ。そんないい体をしていて死ぬのは勿体ない」

「……………」

「ごめん！　君なら望みは何でも叶うと思うのだ」

「そんな例は叔母や従姉妹で知っています。いえ、母や姉もそうです。そして祖母たちのように醜い姿になります。だから人形を作ったのです」

「しかし君はそれを捨てた。私が見つけたからこうなったが、あのまま波に流されたらどうするつもりだったの」

信夫が軽く目を向けると、寧子は顔を赤くした。

「私はあなたに懸けていたので、それは考えませんでした。でも、迂闊《うかつ》でした」

そしてしばらくして小さく笑った。

「予定を変えるかもしれません。いえ、いまやり直す気があるので、そう思うのでしょう」

「それでいい。君はいまもきれいだし、そのまま何でもできる。絵が好きなら描けばいい。いますぐなら美容関係が向いているかな」

「はい、急な展開なので、少し時間を下さい」

寧子は頷き、山を思い出したのだろう。そして携帯の電源を消し忘れた事が最大の失敗と眉を寄せ、信夫は首を振った。

「あれが鳴らなくても君を見つけた。足跡があったから。それより薬は持っているのか」

「睡眠薬ですが、ペットボトルの蓋を開けて茂みに捨てました。あなたが来る前」

「それならいい。……ところでさっきの電話、対応しなくていいの」

顎を振ると、彼女は携帯を操作した。

「それは欠席にして。……そう、予約もしないでいい。……それは済んだ。帰りは予定通りだから、そう伝えて」

寧子は携帯を閉じると、一週間毎に通うエステ店を二度休んだので、パーティーの誘いが来たと首を振る。そして旅程はなお三日あると告げて、近辺の名所案内を望んだ。

「それはいいが……」

信夫は彼女が急に大きくなった気がして、目をしばたたいた。それに間もなく隣の藤井が帰ってくるのである。

「私は今までの遅れを取り戻したいのです。だからホテルの部屋は一緒にして下さい」

もちろんそうして彼女に自信を付けさせたいのだ。思わずその手を取ると、肩を寄せたので、強く抱き寄せた。

人形は白いヴェールの中で涼しい顔をしている。右手のブーケは数種のバラが競い、赤い靴と照応している。ドレスに透ける白い下着もその姿にふさわしい。いや、多くの偶然が重なったのだ。それならこの縁を大切にしなければいけない。そして自身も変わるのだ。信夫は急に強い責任感を覚えて、表情を引き締めた。すると顔を洗い口紅を引き直した寧子が、背後で頬を軽く叩いた。

「じゃあ、出掛けるか」

笑って頷くと、満面に笑みを浮かべた。二人が改めて抱き合った時、互いの腹部が鳴ったので食事に行く事にしたのである。

「では、先に出ていて」

寧子が廊下に出ると、メモ用紙に走り書きをした。

急用で外出するが、一時間程度で戻ります。

十二時五十五分　　　N

「じゃあ、留守番頼んだよ」

人形に頷いて廊下に出ると、隣のドアの下に差し込み、部屋に鍵を掛けた。寧子はブーツをはき、戸口に立ち上がったところである。先に階段を下ろして横に並ぶと、信夫は言った。

「昨日のスナックの先に、小料理屋がある。そこで何か食べて今日の宿を考えよう。海岸線ならどちらに行っても、十数分で大きな街があるから」

「はい」

その笑顔に信夫も頬を緩めると、また手を握った。もう路地の二十メートル先に、海岸道路が見える。その角にある店舗の手前までこうしていたいのだ。いや、指に力を込めて自身の思いを伝えたのである。

四、岬

岩に砕ける波の響きに交じり、風の音がやや強くなった。急な崖の途中にある浅い窪地である。前方に空と海が広がり、大きな弧を描く水平線に接している。その上部に白い雲が帯状に浮かんでいた。頭上は背後の崖に青空が高く接し、あたりは明るい光に溢れている。

無数に輝く海は、中央からうねりが始まり、波頭が弓状に立ち上がる。そして連続して広い湾に押し寄せ、砂地と岩場の岸に白く砕けていた。

風は笛を吹くように上空で舞っている。しかし斜面に背中をつけると、周囲の草や茂みが揺れるだけで、体は陽を受けて暖かかった。

水平線上にかすかに動くのは大型の船である。それらは舳先《へさき》の向きで方向を知るが、両端に近付くと形は崩れ、少し待ってどちらに進むか分かるのだった。首を伸ばすと下方の岩場が見えた。そこはあちこちで水飛沫が上がっている。左は手前の崖に隠れるが、右は長く延びて砂地の先で左へ曲がり、沖に長く突き出している。ほぼ平らな台地の先端に灯台が立ち、内側に広い公園がある。その各所に行楽客の姿が小さく見えた。

昼前、浩《ひろし》も人々と共にバスを降りた。灯台の側のハイキングコースを進むと、中程に砂浜に下りる道がある。多くの人が足を向けるが、湾に沿って歩き、この展望台に着いたのだった。

「ヤッホー！」

頭上の足音に耳を澄ますと、若い女の声がした。

「おーい！」

すぐに男の声が続く。四、五人いるらしく弾んだ声が入り交じった。最初の女性だろう、柵が壊れているのを見つけて皆を呼ぶと、下りてみようと言い出した。

「危ないからやめた方がいい」

反対されて諦めたのか、話し声は左方へ移動し、全く聞こえなくなった。浩は軽い吐息をつき、お茶のペットボトルを手にした。弁当は食べ終わっている。その間、いまのような声を何度か聞いた。そして皆行ってしまったのである。

お茶は少し残っている。一口で飲み、弁当の容器と共にポリ袋に入れた。そして海を眺めていると、空中に白く動くものを見つけた。カモメの群れである。十羽近くが左の沖合から近付いてくる。カメラを手にしてシャッターを押すと、三十メートル足らずの距離になった。そのまま右へ通過するのを写し、なお追うと崖の手前で下降を始めた。それも写しフィルムが終わった。急いで目で追うと、海側に曲がりながら上昇を始め、こちらを向いた。そして正面から向かってくる。しかし直前で八方に分かれた。羽を広げて急上昇するのや、小さくたたんで落ちていくのがいる。ただ、すぐに反転し再び正面から向かってくる。それが二度続き、展望台の人々も気が付いた。

「何かいるのか？」

柵に近寄り、海をのぞく者がいる。見つかる恐れはないが、浩は斜面に背中をつけた。するとカモメの動きが変わった。一羽が羽を振って急降下すると他も続き、長い二等辺三角形ができた。そして海面近くで水平になると、崖に沿って離れていった。

「あーあ、行ってしまった……」

頭上の声は静まり、風の音が響いた。浩は体を起こして、カモメを見つめた。編隊は長方形に変わり、左方の灯台へ向かっている。その背中が陽に白く光った。

「白い鳥って海と合うね」

声を弾ませたのは由美子である。ここでやはりカモメを見たのだ。それは三羽が沖を通り過ぎただけであるが、輝く瞳を向けた。

「空の青、海の青にも染まず漂う……。あの歌、好きなの」

「牧水《ぼくすい》か。そういえばあんな姿を歌ったのかもしれないね」

「本当は一羽がいいでしょうが」

それは寂しすぎると首を振ると、

「じゃあ、二羽！」

由美子は指を立てて真剣な目を向け、浩は明るく頷《うなず》いた。それが初めてのデートで、電車とバスを乗り継ぎ、岬の公園に着いた。そして灯台に上り、周囲の海や公園を眺めた。それからハイキングコースを進み、展望台に立った。柵が壊れているのを見つけたのは彼女である。浩が足を踏み入れると、後に続いた。急斜面に細い道があり、階段状の窪みが付いている。下は浅い窪地で、先に植物の茂みがある。そして海へ急に落ち込んでいた。

「大丈夫?」

由美子の声に、軽く頷き、窪地に下りた。ウイークデイで周りに人影はないが、二人きりになれる場所を探していたのである。横は狭い台地で、草が低く生えている。そこに由美子を坐らせ、体を寄せた。しかし足元が傾斜しているので、常に踏ん張っていなければいけない。下方に丈の高い草が生えているが、さらに落ち込んでいるので見晴らしはよかった。

やがて浩は右腕を伸ばして由美子の肩に触れた。すると体を固くしたが、顔を赤くしたままじっとしている。それでスカートの裾を捲《まく》った。

「だめ!」

今度は素早く押し戻す。しかし手は膝小僧に止まっている。再び上げると、また戻されたが、三度目大きく捲ると、パンティストッキングに包まれた太腿と白い下着が現れた。

「いや……」

由美子は首を振るが、両手を腕に触れただけで、顔を背けている。浩は目をしばたたくと、スカートの裾を膝に戻した。

「眩しいから隠しておく」

由美子は頬を緩めた。しかし横から腰と太腿が見える。浩はストッキングに指を滑らせると、下着に手を当て、輪郭をなぞった。彼女はかすかに吐息を漏らす。さらに脚の間に触れると顔を赤くした。しかし行為は限定せざるを得ない。足を浮かすと下にずり落ちるのだ。最後に片手で乳房に触れると、上体を思い切り伸ばして唇を奪った。

二人が知り合ったのは英会話の教室で、浩が途中入学した日、席が隣になったのだ。中級クラスなので辞書は持参したが、後はメモ用紙一枚と鉛筆一本にした。書き損じた時、消しゴムを借りた。それがきっかけで一緒に帰り、駅前の喫茶店に入った。互いに飲み物を注文した後、由美子が笑みを浮かべた。

「勉強の理由はなに?」

浩は苦笑して目を伏せた。真の理由は言えない。それで、昔やった事があるからと低く頷くと、由美子は声を高めた。

「それで発音いいんだ。海外旅行はしたの?」

「いや、飛行機、嫌いなんだ」

「まあ!　私は店で必要だし、旅行もしたいの」

「店って?」

「そこのスーパー。紳士服売り場が担当なの。外国のお客さんもたまにいるのよ」

「俺はラジオ講座だ。しかし二年前やめたので、今日は戸惑った」

「嘘、ヒアリングは問題ないじゃない」

「しかし話すのは難しい」

「では、練習してみる？」

由美子は上体を乗り出し、浩は目を伏せた。コーヒーはもう来ている。カップを手にして顔を上げると、また強く頷く。

「アイ、ラブ、ユウ……」

とっさに言うと、由美子は目を見開いた。

「いまのは本当……。でも、気にしないで」

浩は首をすくめてコーヒーを飲み、由美子はオレンジジュースに顔を近付けた。そして再び視線を合わすと、互いに下を向いた。

「では、趣味を聞いていていい？」

先に口を開いたのは由美子である。

「旅行かな……。しかし近場を日帰りするだけだ」

浩が軽く笑うと、仲間はいるかと聞く。それを否定して、風景や植物専門と告げると興味を示した。それで海岸と山の名前を挙げて、心に残った風景やたまに出会う巨木の話をした。

「街は？」

もちろん大都市の繁華街や著名な場所はいくつか訪れた。それに美術館と博物館だが、人が多いところは苦手で、裏通りや公園を好むと伝えると、由美子は声を上げた。

「私もよ。お客さん相手だから、静かな方がいい。でも、あなたは人を避けてるみたい」

「そうでもないが……」

浩は首を傾げたが、また樹齢数百年の杉や楠の話をし、樹木の長命を称《たた》えた。

「私は人間！　そんな長く生きられなくても、いろんなことができるじゃない」

由美子は土地に縛られる樹木の欠点を挙げて、首を振った。

「俺も人は嫌いじゃないが、いろいろ面倒だから」

「じゃあ、いまも面倒？」

「さっき言ったろう。君はいいが、他にもいるから」

「会社で何かトラブルでもあるのですか」

「いや」

コーヒーは底に少しあるだけなので、浩は苦笑して水のグラスを手にした。

「じゃあ、あなたの事を聞いていい？」

由美子は軽く目を向けた。

「出身地や家族は何人かとか……。あと会社と仕事も知りたいの」

「では、独身と言っておくが、先に君の趣味を教えてよ。俺も人間を知りたくなったので」

唇を潤《うるお》して頷くと、由美子は言った。

「私も旅行は好き。でも、休日は掃除と洗濯で終わり買い物に行く程度。英会話も趣味だけど、本当は絵を描いているの」

それは油で専門は人物という。年数を聞くと、軽く笑って言った。

「高校は美術部だったの。それで会社の同好会に入り五年よ。これで歳が分かるでしょう」

「では、俺も言うと、君の六つ上。大台の手前だよ。じゃあ、公募展とか出すの？」

「会社の人はね。入選もしてる。私はまだ気に入ったのが出来なくて」

赤らめた顔に、絵を見たいと言うと、裸婦だから恥ずかしいと首を振る。それなら写真でもと粘ると、眉を寄せた。そして確かな返事のないまま店を出た。

由美子のスーパーは喫茶店の近くで、アパートは歩いて十分くらいのところにあるという。浩はここから一駅、電車に乗る。そこに会社と寮を含んだ社宅があるのだ。

次回、授業が始まる直前に教室に入ると、由美子が右手を大きく上げた。前回と同じ場所に席を取っていたのである。その帰り、駅に隣接したビルの最上階のレストランで食事をした。そして数枚の写真を見た。同好会の作品展に出した絵で、三人の裸婦の立像が二種類と、一人の正面を腰から上に描いたのや、横たわって読書をする全身像がある。どれもすらりとした肢体にやや小ぶりの乳房が付いている。顔は少女のようで本人に似ていた。どれも気に入ったので褒めると、顔を赤くして首を振った。

そして浩も自らを話題にして、質問に答えた。由美子も故郷や家族と仕事の内容を教えた。

それから日帰り旅行がまとまり、灯台のある岬を選んだ。それは次の火曜日でスーパーの定休日である。浩は急用を作って会社を休んだ。

崖の斜面では、それ以上できなかった。いや、だから行動したのだ。それにカメラを持参しなかった。由美子は物足らない様子だったが、それに気付かぬふりをして明るく振舞った。そして彼女が興味を示すものは全て受け入れ共に行動した。しかしあの行為が中途半端と言えばそうだった。その後、由美子は遠慮深くなり、浩の指差すものや意見を眩しそうな目をして受け入れた。夕暮れ間近、彼女のアパートがある駅に着き、ビルの最上階のレストランに入った。ディナーのコースは食前酒が出た。乾杯してグラスを置くと、由美子が外に顔を向けて言った。

「暗くなったから明かりがきれい」

浩も視線を向けた。下は駅前広場で、周りに大小のビルが並んでいる。左手に長い駅舎があり、線路の両側に建物が続いていた。その窓や看板の明かりが光を増している。広場と道路に車のヘッドライトが動き、所々にテールランプが赤い列を作っていた。空も夕焼けのかすかな色を残して、暗くなっている。そのやや高いところに、星が光っている。それはガラスに映る天井の明かりに紛れていたが、目を凝らすと容易に識別できる。それで顎を振って教えると、

「ああ、宵の明星……。金星よ」

由美子は目を細めて頷いた。

「英語は、ビーナスか」

「そう、愛と美の女神。私……」

スープが来て、彼女は口をつぐんだ。しかしウエイトレスが去ると、天文に興味があると教えた。それは単に星を見るのが好きと分かったが、星座とギリシャ神話の知識はあるのだ。浩も少し知っているのでその話題で食事を進め、デザートが終わった。

「でも、ここはダメ。ガスでよく見えないもの。だから空を見る気にならないの」

由美子は田舎を懐かしそうに語り、浩はことよく似た故郷を伝えて、首を振った。そして残りのコーヒーを口にし、空を見ると星の位置が変わっていた。

「あと一時間くらいで海に沈むんじゃないかしら」

由美子も窓に顔を寄せると、下方に視線を移して頷いた。

「街の明かりがきれい。海岸の工場地帯も見えるわ」

「俺の会社もあの並びにあるが、ここからは見えない」

街の明かりの向こうに、光の帯が一際明るく続いている。先の暗い空間は海で、手前に船のものらしい明かりが点々と見えた。

「でも不思議。あんなにたくさんある光のそれぞれに人が住んでるなんて」

由美子は顔を赤くして言った。

「それは当然として、どんな人がいるのかと思って……」

「それはいろいろだろう」

浩は下の広場をのぞいた。七十メートルくらい離れた地上に、バスとタクシーが停まっていて、周りの歩道を進む人や乗り場に並ぶ人の列が小さく見える。するとあの人たちは幸せなのかと、由美子がつぶやいた。浩は顔を戻し、皆そうあってほしいと笑って言った。

「でも、違う人もいるの」

由美子は首をすくめ、男性とうまくいかない女友達を挙げた。美人で真面目なのに親しくなるとダメになるらしい。今度も相談を受けて、答えに迷っていると言う。相手を聞くと、

「あの光の帯にある会社に勤めているの」

由美子は顎を振ると、男は友人の高校の先輩で、卒業後、偶然街で出会い付き合うようになったという。しかし四、五回デートをして、会う日が間遠になり、約束しても当日断られるらしいのだ。彼は総務課に属し、会社は自宅から車で通っている。だから時間の都合は付くはずなのに、多忙を理由に午後八時以降の約束はしないという。それで別の女性の存在を聞くと、首を傾げた。しかし友人に問題がなければ、男の事情を考えるしかない。もちろん理由はいろいろあるだろうが、女性は有力な要因である。

「では、聞くけど、男性は同時に複数の女性と親しくなれるの?」

それは人によると軽く笑うと、矛先が自身に向いた。浩はそんな元気はなく暇でもないと強

く否定し、話題は友人に戻った。

「では、もう少し考えます。実は彼女、頑固なの」

「じゃあ、その原因を調べたらいい。子供時代のことを聞くと、何か分かるかもしれない」

浩は怖い思いや辛い経験をした事がトラウマになる例を挙げた。それは由美子も思い当たるらしく大きく頷いて腕時計を見た。時刻は八時半を回っている。しかしコーヒーを一口飲んで、真剣な目をした。

「この前、お久し振りと英語で言われたけど全文が分からないの。ちょっと教えてよ」

「どういう風に言ったの？」

「ハブント何々だけど、その何々が分からないの」

「ああ、シーンだ。シーの過去分詞。あとはフォーロングタイムとか言ったんだろう」

「そう。なんだシーンか……。殆《ほとん》ど聞こえなかった。相手は外人だもの」

「へえ、怪しいな」

「教室の先生よ。しばらくよそに行ってたけど、廊下で会い、突然話しかけられたの」

「じゃあ、そのとき顔を赤くしてなかった？」

笑って頷くと、由美子は目を見開いた。そしてなお不審の様子なので、怒らない事を条件に、口を開いた。

「相手は本来のスピードで言った。それなら二つ考えられる。一つは会話の能力があると認めた。もう一つはとっさに出た。それは君に会えて嬉しかった。だから顔を赤くした。さあ、どちらでしょう?」

由美子は瞳を微妙に動かすと、唇を歪めて言った。

「私はどうせダメよ!」

「いや、逆だよ。先生は君を覚えていた。そしてとっさに言った。本心が出たんだよ」

「……」

「はは、これは俺の解釈。男の勘だよ」

浩は素早く伝票を掴んだ。そして軽く頷くと、由美子はハンドバッグを手にした。時刻は九時になろうとしている。会計を済まして、アパートに送ると声を掛けると、素直に頷いた。

ビルを出て、広場の端から国道を渡る。

「こっちよ」

そこは旧道の入口で、左右の商店はシャターを下ろし、明かりがあるのはゲームセンターや先の飲食店である。車は通らず数人の人影が路上を動いている。角にキャバレーがある路地を右に曲がると、両側にスナックが並び、カラオケの歌声が聞こえた。そして次の路地に入ると、また同種の店が続いていた。

「ここは誘惑の多いところだな」

「よかったら寄りますか。行きつけの店があるの」

「今日はやめる。俺のところ工場だから朝が早い。帰って寝ないといけないから」

「せっかく奢《おご》ってあげようと思ったのに」

二人は明るく笑い、やや広い道を渡った。そこは住宅地で、左右に二階家が密集している。そして広い庭のある家や木造のアパートが見えた。もう人の姿はまれで、電信柱の街路灯が道を飛び飛びに照らしている。

「こんな静かなところがあるのか……」

「昔のままだから古い家が多いの」

やがて板塀を巡らせた家の角に小さな公園が現れ、由美子が足を止めた。

「この先だけど、どうする?」

細い路地が中に延びている。街路灯はあるが、公園の樹木が道を覆い寂しいところである。それで奥に顎を振ると、由美子は路地に入った。

公園は端に木があるだけで、中は空地である。その樹木の隙間に幅広の二階家が見え、窓の数か所に明かりが点いていた。

「ここよ」

樹木の端で顔を振り、由美子が前に進んだ。しかし浩は敷地の角で足を止めた。アパートの陰から若い男が出てきて、ちらりとこちらを見たのである。

由美子は立ち止まり、男が鋭い目をして言った。

「どこへ行ってたんだ！」

「ちょっと……」

由美子は言葉を濁して振り返り、困惑の表情をした。

「じゃあ、俺は……」

浩は低く頷き背中を向けた。かすかな声が聞こえたが足を速める。すると男の声がした。

「何度も電話したんだよ」

「用事は何ですか！」

強い響きに、言いよどむ気配がした。一瞬引き返したくなったが口を結び、板塀を曲がる。そしてやや広い道の先で右へ行く。同じ道は通りたくないし、周りの様子も知りたいのだ。しかしバス通りは避けて、手前の路地を駅に向かった。


明るい林を背景に、裸婦が三人立っている。中央は右手に白いユリの花を持ち、脚を前後に軽く開いて正面を見ている。左右は両の乳房と太腿が見える程度に内側を向き、開花の時期を遅らせたユリの花を手にしていた。いずれも若く均整の取れた体である。ストレートの髪がやや小ぶりの乳房と肩先にまつわり、下腹部に置いた手と共に品位を保っている。どれも少し緊張した顔に三様の表情を浮かべているが、顔立ちに大きな違いはなかった。中央のそれは由美子に似ている。いや、三人の肢体も彼女そのものに見えるのだ。

「なかなかいいじゃない」

六畳の壁の半ばを占める百号のキャンバスである。浩は最後に視線を全体に動かして、笑顔を向けた。

「そう？　まだ途中なので恥ずかしい」

由美子は上気した顔で頷くと、横に腕を振った。

「狭いからそこに座って」

シングルベッドが反対側の壁を占めている。カーテンを引いた窓辺に頭部を付け、足元のスペースにテレビと油絵の道具を入れる棚を置いていた。花柄のカバーがあるベッドは、窓側に大型の枕が低く盛り上がっている。

「その前にちょっと外を見せて」

窓に顎を振ると、由美子は眉をやや寄せたが、横に体を移動して言った。

「あまり開けないで、誰かに見られると困るから」

カーテンは中央で二つに分かれている。中を少し開けて外をのぞいた。部屋は二階の角から二番目である。正面奥に公園の木々が広がり、さらに明かりを点けた家並みがあった。公園と横の道に人の姿はない。顔を戻すと、由美子は頷いた。

「コーヒーを淹れるから、テレビを見ていて」

ベッドの上のリモコンを押すと、画面が明るくなった。しかし端に腰を下ろして絵を見る。

視線はやはり中央の女にいった。

「また見てる。そんなに見ないで」

盆を手にした由美子が、部屋の入口で声を高めた。

「これでは目がいくよ」

正面に絵がある。それで絨毯《じゅうたん》を敷いた床に急いで座り、テレビを向いた。

「狭くて本当にすみません」

由美子も隣で頭を下げた。しかしコーヒーを飲み終わると、ベッドに上がり明るく笑った。

「私はここがいい」

テレビは歌番組である。司会者の紹介で男女の歌手が次々に登場する。若い女性の軽快な曲に由美子は体を上下に揺らす。しかし浩が笑みを浮かべたのに気付くと、顔を赤くして動きを止めた。

部屋に来たのは次の教室の日で、また開始間際に入ると、由美子が笑って手を挙げた。授業はアメリカ人の生活を描いたテキストを一科目ずつ進めるもので、最初に全文を読み、次に細部を検討する。質疑は英語で、時に感想を述べさせられる。最後に簡単なゲームをするが、浩と由美子はペアになり、ある単語を他の言葉で説明して当てる競争でトップになった。

「この前はごめん」

授業の後、由美子は頭を下げ、あの後すぐに男を帰したと言う。そして詳しく聞きたくないかと軽く目を向けるので頷くと、声を弾ませた。

「じゃあ、居酒屋にでも行く？　この前奢りそびれたからご招待します」

二人は駅に通じる広い道路を渡り、飲食店街に入った。そして小料理屋で、四、五品の料理とビールを頼んだ。

男は会社の同僚で、同好会のメンバーという。由美子と歳は同じだが、いまの店では先輩になる。彼女は別の店から一年前移動したのだ。そして絵の仲間として付き合ったが、最近積極的に働きかけられるようになったという。他にも好意を示す社内の男性がいて焦りを感じたようなのだ。浩が男に同情すると、彼らは次にどんな行動をするか読めるし、理想の姿も見えると苦笑して言う。それが一番いいのではないかとなお肩を持つと、強く睨まれた。そして自身の結婚観を聞いた。浩はその前にすることがある。だからその気はまだないと頷くと、あの告白は何だったのかと、白い目を向けた。あれは真実だが結婚は別である。眉を寄せて目を伏せると、由美子は低い吐息をついて水割りを口にした。そして浩の恋愛経験を聞いた。

「仕事が忙しくてそれどころではなかった」

浩は高卒後、地元の会社に就職し、二年後こちらに移動したのである。そしてほぼ二年毎に担当を変わり、三度目に上位の仕事に就いた。しかし恒常的に残業が増え、三年目に体調を崩して長期に休んだのだ。それで前の部署に戻り、体調を整えているのだった。

「もちろん社内の女性と仕事上の付き合いはある。しかしそれだけだ」

浩は途中を省いて、残業が月に五十時間を超える日々を話した。それは日中フルに働いてなおそれを延ばすので、遊びに行く余力など残らない。結局、過労で二か月強休み、いまは月末と月初を除けば、定時に帰れると伝えた。由美子は病気になるほど働くものではないと声を強めたが、浩は自身を試すためにそうしたので悔いはなく、それゆえ面白い事ができたと軽く笑った。しかしもう無理はしたくないし、今後は自分の時間を大事にすると言うと、彼女は乾杯を求め、浩も応じた。それから絵の話になり、アパートを訪れたのである。

「他のも見せてよ」

壁の長押に、静物や人物を描いた小型のキャンバスが等間隔に並んでいる。窓辺に置かれた洋服ダンスの上には、中型のキャンバスが一杯に立ててあるのだ。

「どうしても見る?」

「そのために来たんじゃない!」

「じゃあ、ざっと見てね」

由美子はタンスの下に立つと、奥から順にキャンバスを引き出す。端は裏返してあるが、中はこちらを向いている。多くは裸婦や自画像で、農村と海岸の風景がいくつかあった。

「ちょっと待って!」

浩は時に手を止めさせて目を凝らす。これはと思うのがあるのだ。

「早く! 手がくたびれるのよ」

由美子は眉を寄せて腕を替える。しかし真剣な目で、浩の顔と絵を見比べた。

「結構、いいのがあるじゃない」

最後に端の一枚を裏返してこちらを向いたとき、浩は頷いた。

「本当?」

「ああ、また好きになった」

両腕を広げて前に出ると、由美子は横をすり抜けて軽く笑った。

「じゃあ、またコーヒーを淹れましょう」

床のカップを拾い、台所に行く。それを洗う水の音に、コーヒーはもういいと声を掛けると、返事をした。しかしなお水音がして静かになると、笑顔で戻った。それでアルバムを聞くと、ためらいの表情をした。しかし襖を開けて、布張りの二冊を取り出した。

「お、美人が二人いる」

最初のページで浩は声を上げた。それは大判の写真で、初々しい感じの由美子が、やや年上の女性と肩を並べて立っている。共に花柄の浴衣を着て、片手に団扇を持っていた。

「若いね。隣はお姉さん?」

由美子が横からのぞき、村の神社の盆踊りで、高校三年生の時と教えた。それから木立に囲まれた境内や通路の出店が現れ、櫓《やぐら》を囲んで踊る二人と人々のスナップ写真が続くと、水着姿の集合写真に変わった。それは上下が繋がった形であるが、本人は手足が長くスタイルがいい。

そして輝くような笑みを浮かべている。他の三人も健康的な肢体で、笑顔がいい。それから由美子を中心にした写真が続いた。

「これは高校最後の思い出に海へ行ったの。恥ずかしいから、次！」

今度は紺の制服姿である。高校の庭先で撮った同じメンバーのツーショットや、全員の写真が続く。さらに城のある公園や山頂から見える街の全景と家族の写真があった。背景は玄関で、イスに腰掛けたお婆さんを前にして、後ろに四人並んでいる。両端に四十代の両親が立ち、中に由美子と姉がいた。みんな服装を整え、明るく笑っている。由美子はやはり初々しく、ミニスカートが似合っている。

「家を出る前日に撮ったの。……それが次の朝、駅でよ。私と姉は同じ服でしょう。昼前、会社に着いて、夕方、寮に入ったの」

その玄関前と自室の写真がある。そして売り場を背景にした制服姿や仲間とのスナップ写真が続いた。由美子は年を増す毎に磨きがかかっている。その三年目で一冊終わり、二冊目を開くと、産着姿の赤ん坊が目に入った。

「へえ、可愛いね」

次のページは母親に抱かれた数枚と、父親と姉や初老の祖母が入った写真がある。そして次第に成長していく姿があった。

「お、着物が決まってるね」

「七五三よ」

そして幼稚園の行事や、小学校入学の写真が続く。

「それは三年生の遠足……」

「これは四年の運動会。私、リレーの選手になったの」

手足の長い体が飛ぶように走っている。しかしそこでページは尽きた。由美子は時計を見て、後は今度にすると小さく笑う。時刻は十一時になるところである。

「もう、こんな時間か」

しかし帰る気にならない。それで最近の写真を聞くと、一年くらい貼るのを怠けていて、箱に入れたままにしてあると言う。

「もったいない。整理してあげようか？」

「今度、自分でする……」

由美子は目を伏せ、浩は都合が悪い人がいるのかなと軽く言う。すると固い表情でアルバムを部屋の隅に寄せた。それでテレビを点けると、ニュースが始まり、外国の大型タンカーの座礁事故が流れた。そして油が広がる海面や岸辺を覆う原油とそれを除去する人々が映った。

「でも、全然ないことはなかったの」

画面が一段落して、由美子が言った。

「あなたが思った事。付き合った人はいるし声を掛けられた事も沢山ある。でも、みな同じで面白くないの。男はどうしてあんな単純なのかしら」

「単純？」

「あなたの事ではないの」

由美子は急いで首を振る。浩は前にも聞いたような気がして首を傾げると、急に顔を赤くして、大きく頷いた。

「やっぱりコーヒーを淹れましょうか」

「いいよ」

浩は素早くその手を掴んだ。愛しい気持ちは最初からある。そのまま唇を奪うと、由美子は眉を寄せて首を振る。しかし強く押し付けて体を離し、頭を下げた。

「ごめん！」

由美子はかすかに口を開き、探るような眼をした。


「うわー、広い。水平線が端まで見える」

「やっぱり大きくカーブしてるな」

「ほんと。地球が丸い事がよく分かる」

頭上の声で、浩は顔を上げた。青く晴れた空に足音が近付き、壊れた柵を見つけた声がした。それは女性で、足を踏み入れようとしているのか、それを止める男の声がした。

「平気よ。ほら」

女性は柵の外に出たようである。斜面を下りる靴音に続いてまた男の声がした。

「そこは急だな、ほんとに大丈夫か?」

そして重い足音が加わった。

「あそこ、魚を捕ってる……」

女性は立ち止まり、男も足を止めた。左下方の海に、漁船が並行して浮かんでいる。竿と手網を持つ人が甲板にいるが、網を沈めた海面に、箱眼鏡をのぞく人や海に潜る人がいた。

「何が捕れるのかな」

二人はいずれ下りて来る。浩はその時に備えて、カメラを顔に当てた。

「あっ……」

女性の声に、男の声が続いた。

「どうした?」

「人が……。写真撮ってる」

二人は引き返し、押し殺した声が聞こえた。

「だからやめろと言ったんだ」

足音は急いで離れていく。浩は軽い吐息をつき、カメラをバッグにしまった。そしてその三日後、由美子の部屋を訪れた日を思い浮かべた。

それは明日がスーパーの休みになる月曜日の夜で、二人で料理を作ることにした。献立はカレーライスに野菜サラダである。浩は途中で買ったチーズケーキを手に、待ち合わせの路地に行った。由美子は牛肉と野菜を入れたスーパーの袋を提げている。それも浩が運んでアパートに着くと、並んで台所に立った。

浩は初めての料理である。由美子に教わって細かく切った玉ねぎをフライパンで炒め、肉を炒める。それを小口に切った人参やジャガイモと共に鍋に掛ける。由美子はサラダを作ると、ルウを溶かした鍋に、トマトケチャップとヨーグルトを加えて味を調えた。

食卓に向かい合ったとき、ドアを叩く音がした。由美子が出ると、客がいるのかと男の声がした。中は見えないが、浩の靴が三和土にあるのだ。彼女が用件を聞くと、絵の具を借りに来たと言う。

「会社の人……」

戻った由美子が低く頷くと、絵の具箱から二本のチューブを選んで出ていく。

「はい。すぐに返さなくていいから」

男が何か言うのを押しとどめて、ドアを閉めた。

「ごめん、待たせて」

由美子が席に着くと、浩は食卓に顎を振った。グラスにワインが入っている。互いに掲げて端を触れ合わせた。

「このサラダいいでしょう？」

「ああ、カレーもうまい」

「誰かさんが頑張ったからね」

「最後の味付けがいいんだよ」

二人は料理を口にして頷き合った。それから話題は先程の男になった。男子寮が駅の向こう側にあるという。それで靴を見られたのを気にすると、この前の男だからいいと軽く笑う。そして同好会はしばらく欠席すると言う。

「それもあって様子を見に来たのよ」

「でも、絵はやめないだろう？」

「実は無性に描きたくなる時があるの。例えば大きな仕事が済んだり、逆にストレスが続くときなど……。だから気分転換にいいの」

「君も落ち込むときがあるの？」

由美子は、愛想のいい客に時間をかけて対応すると冷やかしだったり、高額の買い物をした客に食事を誘われて会うと、ホテルの部屋に連れ込まれそうになったこと等を挙げた。

「それに売上の目標もあるので、頑張らないといけないの。でも、真面目にやっているからご心配なく。それよりもっとあなたを知りたいの。この前病気で職場を変わったと聞いたけど、どうしてそうなったの」

「会社で使う多くの物品の発注業務をしたのは、話したよね」

浩は潮時と思い、言葉を継いだ。

「仕事は元々好きではないが、俺は頑張った。残業したくないので、自分の仕事はもちろん、他の部署の要望もすぐ対応した。そして月に二、三度、定時に帰った。しかしそれができるのは新人のときで、年次が上がると難しくなる。俺は退屈しそうになると担当を変わり、とうとう課の主要なポストに就いた。そして同じ行動をした。ただ、仕事は切りがなく残業が常態になった。それでも手を抜かないから、いつもフル稼働の状態でいる。それは能力を試すためだから苦ではない。いや、最後は苦しくなった。しかし書類に向き合うと集中できるのだ」

「それをどれくらい続けたの？」

「二年ちょっとだ。しかし三か月くらい前から、頭痛がひどく、体もだるくなった。だからそれを忘れるために仕事に集中した。他に方法がなかったんだ」

「それなら病気になるしかないわね」

由美子は深く頷くと、急に顔を赤くした。

「あなたはわざとそうして、いまの職場にいるのではないの。この前も思ったけど、それは出世街道から外れる事でしょう？　でも、落ち込んでない。いいえ、これから自由な生活を楽しむという」

「それでは覇気《はき》がないか」

「いえ、それだけではない気がするから。前に他の男と違うと言ったでしょう」

由美子は首を振ってじっと見た。

デザートは、チーズケーキと紅茶である。今度はテレビを見ながら終えると、由美子が席を立った。ベッドの方がよく見えると、マットレスに両手を付いた時、浩は背後に付いて、両腕を腹部に回した。そのまま押し倒し体を上向かせると、由美子は言った。

「電気を消して」

しかし唇を重ね、乳房に触れる。それからブラウスのボタンを外し、耳に唇を寄せた。

由美子は顔を振って逃れようとする。頭を押さえて息を吹きかけると、眉を寄せ肩を震わせた。既にブラウスは前がはだけ、ブラジャーがむき出しになっている。ホックを外すと、硬く締まった乳房が現れた。

「ねえ、眩しいの！」

左右に首を振るが、乳房に唇を触れる。そして下方に顔を進めた。パンティストッキングとショーツは膝に下げてある。しかしスカートが腰を覆っていた。

「恥ずかしい……」

由美子は両腕で顔を覆った。

「大丈夫。見ないから」

浩は乳房に顔を戻した。そしてショーツの片足を脱がせる。スカートはなお腰にあるが、両脚の窪みに手を当てた。由美子はもうじっとしている。しかし顔を両腕で隠していた。

「眩しくても消さない」

浩は耳元でささやいた。

「さっきの男がいるかもしれない。電気を消すと変に思うだろう」

由美子は声を呑み、浩は右腕を掴んだ。それを横に伸ばし、脇腹で左腕を押さえる。そしてスカートに手を入れた。

やがて由美子は体を反らせた。浩はシャツを脱ぎ、ズボンも押し下げている。急いで足首から外すと、由美子はスカートを外に押しやった。

二人は体を重ねた。しかし浩は急に動きを止めて、腰を引いた。

「子供ができる」

「大丈夫よ」

しかしなおためらうと、

「本当に大丈夫なの。だからお願い」

由美子は両腕で脇腹に触れた。浩も強い意志がある訳ではない。再び結ばれると、もう止まらなかった。それから会う度に体を重ねた。しかし避妊の用意はしなかった。由美子はいつも大丈夫と言い、浩も成り行きに任せた。そして美術館に行き、レンタカーで近くの半島を一周した。さらに一度、由美子の店でネクタイを買った。彼女は絵の同好会に復帰したが、男はもう来なかった。

そして由美子の誕生日。外で食事をして、部屋に行った。

「ねえ、土地を買う気はない？　さっき話した不動産の社長さんが、しきりに勧めるの」

ベッドに横になっていると、由美子が言った。

それは開発前の土地で、時間は掛かるが、価格は安いのだ。しかしその気はなかった。そんな儲け方をいいと思わないし、手続きが面倒な不動産を嫌ったのだ。それで資金がないと答えると、ローンが組めると言う。それでも心が動かないのは、いずれこの町を離れる予感があるのだ。それで土地は一生暮らす覚悟がないと買えないと、本音を言った。

「じゃあ、ここに住みたくないの？」

とっさに社宅の存在を話すと、会社の人ばかりで気詰まりにならないかと眉を寄せる。

「それはある。しかし先輩や同期の連中は、気楽にやっているようだよ」

浩は数軒訪問した体験を伝え、いいと感じたのは奥さんの手料理と頷いた。

「それだけ？　羨ましいと思わなかったの」

「まだすることがあるからね」

さらに本音を言うと、ため息が聞こえ、浩は慌てて上体を起こした。

「本当は好きな人がいなかったからだ。でも、ここにいる」

乳房を軽く押さえると、彼女は顔を赤くした。

やがて公募展の季節になり、由美子は百号の絵を二点応募した。

「仕事中ごめん。でも、いいことがあったの」

十日後、会社に電話が入った。それは入選の知らせで、浩も声を弾ませた。

「どっちの方?」

「二人の女……」

それは新しく描いた絵で、落ちたのは最初に見た三人の裸婦だった。

「あなたのおかげ、アドバイスして貰ったから。それで今日会える?」

それならどんな都合もつけられる。すぐにいつもの場所で待ち合わす事にした。

浩は寮に帰ると、柄物のシャツに白いブレザーを着て、隣の街に行った。場所は店から五十メートルくらい離れた銀行の前である。由美子はスリムな体を白地のワンピースに包んで現れた。そしていつもの小料理屋で、ビールで乾杯した。

「これからが楽しみだ。同好会のメンバーも喜んだんじゃないのか」

「今回、私を入れて三人入選したの。それで次の休みに皆で観に行くことになったの!」

由美子は声を弾ませ、浩は小さく笑った。それは二人で行くつもりだったのだ。

「じゃあ、俺は別に行くか……」

会場は二時間足らずの距離だが、低く頷くと、由美子は頬を緩めた。そして絵に対する抱負と決意を語り、これからの協力を求めた。浩も異存はなく、改めて乾杯して店を出た。それからアパートに行き、二時間くらい過ごして帰った。


「私、びっくりした！」

由美子が大きく頷いた。同好会の仲間と会場に行くと、受付の側にいた偉い人が、団体への入会を勧めたと言う。

「地域の支部が近くにあるの。そこは三十分くらいで行けるから、週に一度の研究会に参加する事にした。それで絵の批評をして貰ったの」

同時に入選した同好会の一人が団体の会員だった事もあり、話は簡単に進んだようなのだ。浩も喜んで批評の内容を聞くと、

「あなたと同じ。顔の表情にもっと工夫がいるって。構図と配色はまあまあらしい」

「問題は何を描きたいかだからね。そんな先生が言うなら見込みがあるよ」

浩は既に一人で見ていた。オープン後の最初の日曜日で、夕方、由美子と会い、感想を述べた。それは壁一面に並んだ絵の上段にあり、他よりよく見えたのである。ただ、研究会は土曜日のため、デートの日が潰れた。しかし彼女のために我慢した。

そして由美子が初めて出席した翌日、アパートを訪ねた。すると会の後、先生の家に行ったと、興奮した表情で言う。車で来た男性が彼女を誘い、その先生と仲間を乗せて家に送ったの

だ。

「先生は四十を過ぎているけど、独身なの。そこで紅茶が出たが、女は私一人でしょう。仕方なく手伝ったの。すると車の男性が、その人は結婚しているけど、隣の部屋のドアを開けて私を招き入れたの。そこに何があったと思う?」

「さあ……」

「ベッドよ。私は驚いて声を上げたの。すると先生が顔を見せ、慌てて外に連れ出したの。車の男性は笑っていたけど、あれは何のつもりかしら」

「悪い冗談だな。先生が独身というのが気になるな」

「大丈夫、私の趣味じゃないから。でも、大きな家よ。父親も絵描きだったらしいけど、あの家で一人は変ね」

「そういう人はたまにいるよ。その先生、絵ばかり描いていたんじゃないの」

軽く頷くと、由美子はその絵が団体の看板の一つになっていると教え、今回展示の二作品に、感心したと声を高めた。それで女性会員の数を聞くと、十五、六人で、年齢層は彼女くらいから六十近い人までいると言う。

「美人は?」

「みなそうよ。でも、特にというと三、四人かな」

由美子は頬を緩め、浩はその年齢を聞いた。

「二十五歳が一人で、後は三十半ばから四十を過ぎてる。私、一番若い人と話をしたの。三年目で、美大を出ている」

「じゃあ、プロを目指してるんだろう」

「五年連続で入選し、個展も二度開いてる。絵は少しだけど売れたそうよ」

由美子は二十三歳である。二つ年上で、中学校の美術教諭をしながら描いている相手に気後れしたが、大いに刺激を受けたようなのだ。

「彼女は女性の体をデフォルメして喜怒哀楽を表現する画風だから、絵の作り方は私と違うけど、年が近いから気が合うの。それに絵画の歴史や技法に詳しいの」

「じゃあ、勉強になるね」

「刺激になった。それであなたが言うように、デッサンに力を入れる。正確に描けないと、形を崩す事はできないもの」

「それと物事の本質と意味をよく知ることだ。それで制作の目的が明確になるし、表現も自由にできる。勝負はそれからだよ」

その後、由美子は新しい仲間と交流を増やし、多くの男性に誘われるようである。もちろん隙は見せないが、危うい事もあるらしい。しかし相手は会の有力メンバーである。

「向こうもプライドがあるから変なことはしないよ。だから何でもよく見ることだ」

どんな経験もいつか役立つと、相談される度に励ました。しかし浩は英会話の教室をやめたので、会う機会はさらに減った。そして次の内容を数週間にわたって聞いた。

「あそこも派閥があった。私が連れて行かれた先生もその長で、女性に絶対の人気があるの」

「その先生は男は近付けるけど、女の弟子は取らないらしい。でも、他の先生は自宅で教えているの。そこに入らないかと誘われたけど、まだ決めてない」

「美大の彼女に恋人がいた。同じ会員だけど、彼女の方が腕がいいから悩んでいた。やはり絵の力が優先するのね。それがない人は卑屈に見えるもの。私は初めてだから珍しがられているけど、これから心配だわ」

「付き合ってる人はいないかと聞かれた。ご想像に任せますと言うと、複雑な表情をした。えっ、三人よ。みな派閥の男だから全員に伝わったでしょう。私が落ち着いているから、恋人はいる事になったらしいの」

「先日、美大の彼女のマンションに行った。賃貸だけど、３ＤＫの一部屋がアトリエになってる。絵もたくさん描いていて、圧倒された。私ももっと広い部屋が欲しいけど、このままでいい」

そして絵に対する意識の変化を口にした。

「これから女は一人にする。いままで数を増やしてバランスを取っていたけど、それではだめと分かったの。前にあなたが言ったでしょう、女は自然そのものだと。だから風景のように描いてみる。中にいろんなものが詰まっている。そんなイメージよ」

しかしばらくしてまた言った。

「一人の女に全ての要素を詰め込むのは難しい。それで考えたの。例えば大きな岩があるとするでしょう。それを描いて自然を象徴するというか全体に代える。つまりそこに深い精神性を込める。え、それでいいの？　じゃあ、何かに真剣に生きる女を描けばいいよね。なんだ、やっぱりそうか！」

由美子とは寮の電話で話して、その日も自室に戻った。

間口一間に奥行き二間の手前に、半間の沓脱《くつぬぎ》と横に同じ幅の押入れがある。板一枚の式台の先は三枚の畳で、突き当りにカーテンに隠れた腰高窓がある。直下に電気スタンドをのせた座り机を置き、左の壁に中型のサイドボードと大型の書棚を並べている。右の壁は細長い板にフックが取り付けてあり、その数だけセーターや上着などが下がっている。

浩は机に座り、電気スタンドを点けた。机上に大型ノートがのっている。読書の感想や飛びの日記を書く雑記帳で、空白の五ページ目から細かい文字がびっしり並んでいる。子供時代を思い出して始めた小説であるが、二ページ目で止まっている。いや、最初の一行から満足できないのだ。それで別の表現を考えるが、適切な言葉が浮かばない。それどころか耳鳴りが高じ、頭痛も激しくなる。それはいつもの事なので目を閉じて回復を待っていると、廊下に足音がしてドアが叩かれた。

寮で面識を得た同期の小林である。用事がありそうなので部屋に上げると、横の書棚を目にして言った。

「また、増えたな」

浩は暇になったからと軽く笑い、座布団を勧めて机を背にした。小林は正面に胡坐《あぐら》を組んで体調を聞くので、まあ大丈夫と答えた。

彼は化学製品を作る製造部に属し、三交代勤務をしている。部屋も奥の棟にあるので、廊下でたまにすれ違う程度である。しかし病気が治って仕事に復帰したとき、初めて訪ねてきた。同期は次々に結婚して社宅に入り、仲間が減っていたので、浩は喜んで迎えた。そして不在時の情報を得たが、今回は様子が違う。インスタントのコーヒーを淹れたカップを押しやると、表情を改めて会社を辞めると言い出したのだ。

「ここで勉強する事はもうない。これから定年まで同じ事を繰り返して生きていくだろう。それが嫌なのだ」

「しかしよそも違わないだろう」

「小さいところは別だ。俺の故郷にそんな会社があって、技術者を募集している。給料は落ちるがいまよりやりがいはある。実はこの夏に帰って見て来たんだ」

「へえ、素早いな」

「本当はお前に相談したかったんだが」

小林はコーヒーを口にすると、カップをソーサーに戻して言った。

「俺と考えが同じと思ったからだ。きっかけは仕事の評判だ。頼んだらすぐ対応するし、経過も知らせてくる。そして解決が速く、遅れてもチェックは必ずしている。だから一度頼んでおけば大丈夫と事務の係が言っていた。それに顔も悪くないのに独りも変だ。それは何か考えているからではないか……。まあ、俺がそうだからそう思うんだが」

浩は大きく見開いた目に、苦笑して首を振った。

「あたりか！　実は半年前、お前は会社を辞めると思った。それで様子を見に来たんだ」

「俺は違ったか。あの時は体力が心配だった。何事も体が資本だからな。それにすぐ辞めたのでは帳尻が合わない。だからしばらく楽をしようと思ったんだ」

「じゃあ、その気はあるのか」

「俺もお前は他と違うと思っていた。それがいま腑に落ちた。しかし俺は手に職はない。だから考えだけに終わるかもしれないよ」

「いい。それでお前は何をしたいんだ」

浩は背後のノートを手に取ると、中を軽く捲《めく》り、右手で文字を書く真似をした。小林は低く頷くと、内容に興味を示した。

「まあ、こんなものだ……」

浩は生まれた時代もあるが、家の貧しさを感じている。それに小学校後期の病気から孤立感を深めた。だから学校時代は行動範囲を狭め、主要な行事も参加しなかった。しかし常にいつか殻を破ろうと考えている。そして文学に興味を持った。ただ、その前に社会勉強が必要と考えて会社に入り、時期を待っている。だから書くのは理想と現実の矛盾に悩む若者が主人公になる。しかしまだその力はなく、子供時代に経験した恐怖や不思議な現象をまとめている。それでその概要と、簡単な自己紹介をしたのだった。

「俺も家が貧しかったので大学は行かなかった。しかし成績は一番を取った事もある」

小林は大きく頷くと、本人も長男と打ち明けた。家は中級の農家で、男一人と女三人の弟妹がいる。それで弟に実家を継がせたと言う。

「だから俺も好きな事ができるのだ」

小林は明るく笑うと、右手を差し出して握手を求めた。

照明が落ちた部屋にミラーボールが回っている。その光が向かいのボックスの小林と若い女を照らした。二人は顔を交差し唇を重ねている。小林は女の乳房を掴み、女はその下腹部に手を伸ばしていた。

「ねえ、しないの！」

隣の女が耳元で言った。胸と腿を密着させ、片手を膝の上に置いている。先程から何度も奥に進もうとするのを、浩は手でブロックしていた。

「早くしないと明るくなるよ。サービスなんだから」

「もう、酔っぱらったよ」

「嘘！　まだしっかりしてるじゃない」

女は両腕を上げて倒れ込んでくる。腹部を抱き止めると、両腕で頭を押さえられた。

「おお、やってるな！」

小林が目を向けて笑い、女の首に顔を押し付けた。

店は由美子の街の繁華街にあった。それまで会社がある街で飲んだ。ラーメンで腹ごしらえをし、小林の行きつけのスナックと、浩の馴染みの店に行った。小林は会社を辞める日が一週間に迫り、二人だけの送別会をしたのだ。そして将来の構想と共感の時を過ごしたが、最後に小林の行きたい店があるというので、タクシーで来たのだ。それまでと雰囲気の違う店だが、浩はマッチ棒を使った遊びをしたり、女の身の上話を聞いて間を持たせた。最後のサービスタイムで、やっと女のペースに合わせると、周囲が明るくなった。

「俺は飲み直す」

小林は同じ女を指名し、浩は店を出た。互いに共通するものがあるとはいえ、最後は各自が目標に向かうしかない。浩は自身の力を頼るしかないのでその意識は強いのだ。それに酒はあまり好きではなく、まして最後の店は疲れるだけだった。しかし前後の暗い路地を見ると、妙な寂しさを覚えた。それで駅と逆の方向に歩き、由美子のアパートに着いた。研究会の日なのでいなければ帰るつもりだったが、窓に明かりが点いていたのでドアを叩いた。

由美子は絵を描いていた。絵の具と油の匂いが鼻をつく中で、顔を艶やかに光らせている。邪魔ではないかと聞くと、笑って首を振る。それで部屋に上がり、キャンバスの前に立った。由美子は台所で湯を沸かしながら声を掛けた。

「ねえ、どう?」

百号の中央に若い女の裸像がある。半歩出した右足と横に開いた左足で重心を分けて立ち、両手で前髪と後ろに垂れる長い髪を頭頂に持ち上げていた。額が広くなった顔はやや上を向き、大きく見開いた目がなお上方を向いている。それは明るく輝き、かすかに開いた唇と共に希望と生きる喜びを表している。顔立ちにやや幼さはあるが、丸く盛り上がる乳房やくびれた腹部を支える流線型の腰に、成熟した女のような逞《たくま》しさがあった。それはいままでのひ弱な肉体やあいまいな表情とは違う力強さがある。それで興奮気味に「いい!」と声を返した。

「ほんと?」

由美子は笑みを浮かべて、コーヒーを運んだ。浩はカップを受け取り、ベッドに腰を下ろした。正面に絵がある。裸の全身像であるが、少しも卑しくない。むしろはつらつとした生命力に満ち、背後の森から生まれた妖精のように見えた。

「ああ、前と比べ物にならない」

「よかった。あとバックを考えるけど」

「それなら樹木をもっと下げるか、水のある風景にしたらいいかもしれない」

由美子は軽く頷くと、自らにウイスキーの水割りを作り、側に腰を下ろした。

「あなたは飲んで来たんだもの。私も今日はもういいの」

「研究会は何時に帰ったの？」

「十時。それから描いていたの」

「俺は五時からだから、六時間くらい経ったのか……」

「ずいぶん飲んだのね。顔が青くなってるもの」

それでカップを差し出し、二杯目を得た。そして小林の転職と夕方からの行動を話した。しかし最後の店や、寮にはもう同期の知り合いがいなくなるのは黙っていた。

「私も会社を辞めないかと誘われた」

由美子はグラスを口から離すと、濡れた唇を光らせて言った。ベッドの部屋を見せられた先生に、画廊の仕事を紹介されたと言う。

「給料もいまと同じにすると言われたけど、ちょっとね」

「それは危ない。しかし勉強のチャンスかもしれない」

「大丈夫、もう断ったもの。勉強なら自分でできるし、あなたもいるから」

「俺よりプロの方がいいと思うけど」

「いえ、センスがある。あなたも絵をやったらいいのに」

由美子は声を強め、浩は首を振った。やはり文章を優先したいのだ。それで軽く言った。

「それより研究会の男はどうなの。いいのがいるんじゃない？」

「私はどうも。皆、ただ付き合いたいだけだから」

「男ならそうなるよ」

浩は頬を緩めた。由美子の意志と身持ちの固さに安心したのである。すると皮肉な目をして首を振られた。

「でも、そうでない人もいるの」

思わず目を見返すと、由美子はコーヒーカップを受け取り、台所に行った。そして水割りを聞いたので断ると、自身のグラスに満たして戻ってきた。

浩はテレビを見ている。前に彼女が座り、ベッドに横になった。すると腰を寄せ、腹に密着させたので、腕を回して下腹部に触れた。由美子はグラスをテレビの前に置くと、弾むように体をぶつけて来た。


「絵ができたの」

翌週の金曜日、会社に電話が入った。

「見に来る？」

会うのは週に一度、月曜日と決めているが、いつもの場所と時間に待ち合わせた。その途中、店頭の寿司を買い、アパートに着いた。

「ああ、いいね！」

絵の前で声を上げると、由美子が言った。

「バックはやはり森にした。前の木を削って川を入れてみたけど、単純な方がいいと思ってやめたの。でも、森を下げたので巨人みたいに見えるでしょう」

「いや、これでいい。足元から草地が続いているので、背後の森から生まれた感じがする。デフォルメした体は存在感があるし、顔も生命力に溢れている」

「あなたに言われた事を考えて描いたの。おかげで何かが掴めた気がする」

「うん、できた。すごいよ！」

浩は両手を掴んで、唇を突き出した。力を付けた彼女に感動したのである。すると照れた表情で手を解くと、台所で湯を沸かし始めた。そしてお茶でいいかと聞くので、軽く返事をしてベッドに腰を下ろし、絵を見つめた。

それから食事をしながら研究会の様子を聞いた。由美子はなお偉い先生に誘われるが、喫茶店も行かないらしい。しかし美大の女性と交流し、見聞を広めたという。そしてリンゴを主体にした果物と花瓶のデッサンを見せた。それも褒めると、絵に対する意欲を熱く語った。そしていつものパターンになった。

浩は途中で避妊具を付けた。それは今日、薬局で買ったのだ。すると由美子が眉を寄せた。

「もう、こうした方がいい。子供ができるとまずいよ。君の絵を見てそう思った。いまは絵に専念すべきだ」

「でも、それはいい。子供がいても絵は続けられるもの。あなたは子供が嫌いなの？」

そう言われると言葉に詰まる。いや、それより大事なものがあるのだ。

「いまはね。自由がなくなる」

やっと絞り出すと、困惑した目で見つめる。それで表情を改めて言った。

「実は前から考えている事がある。それで英会話もやめたんだ」

「あれは仕事が忙しくなったと聞いたけど」

「それもあるが、時間が欲しかった。実は俺も物づくりをしている。こっちは小説だが」

浩は低く頷くと、寮に帰ると毎日大学ノートに書いていたことや、いまは短編に取り組んでいる事を話した。

「それで分かった！　どんな内容？」

由美子は声を弾ませ、好奇の目を向けた。

「まだ始めたばかりだが……」

浩は苦笑した。制作は数週間頓挫しているのだ。しかし構想は言える。それで子供時代の経験を発展させたものと伝え、言葉を継いだ。

「小学生の男の子が主人公で、里山と小さな住宅地が舞台だ。いろいろ書くが、メインは溜池に棲む大きな魚とのやり取りで、浮浪者が現れて緊張する。つまり小さいとき怖い思いをしたり、不思議な体験をした事の意味を考えるのも面白いと思って」

「それ、童話?」

「いや、大人も読めるものにする。ただ、鑑賞に堪えられるかどうかだが……」

「へえ、面白そう」

由美子は頬を緩め、書き始めた時期を聞く。浩はこちらに転勤した直後の五、六年前で、文学に目覚めたのは中学三年と教えた。

「そんな早く?」

「俺は病気で同級生に一年遅れた。学校にいる間は、それが負担になり楽しめなかった」

「そんなの大したことではないじゃない」

「それが俺なのだ。そしていつも激しい頭痛がしていた。だから全てに消極的になった。しかし希望がいる。それで社会人になりその努力を始めた。ただ、まだ思うようにならないけどね」

顔をしかめると、由美子は言った。

「それなら協力する」

「では、半年、時間をくれる?」

浩はその間、会うのは月に一度の提案をした。今度は強い意志と十分な時間が必要と考えたのだ。由美子は頷き、その先を聞いた。それで出版社に応募すると伝えた。

「やはりあなたは何かすると思った」

由美子は小さく笑うと、初めて海に行ったとき、ホテルに入る機会はあったのに、そうしなかったから好きになったと打ち明けた。

「俺も好きだよ。しかし自分も大切だろう。だから試してみたいのだ」

「分かります。でも、これはやめて下さい」

由美子は避妊具を外した。それから浩を優しく包んだので、再び力を取り戻した。そして脚の間に導かれる。浩は両脇に手を付き、瞳をのぞいた。そして顔を寄せると、彼女はかすかに口を開き、瞼を閉じた。

「ねえ、書いたものは他にあるんでしょう？」

その後、ベッドに横たわると、由美子が浩の腕を枕にして言った。

「何でもいいから見せてよ」

浩は口元を緩めて、腕に力を込めた。


遥か下方に三日月状の砂浜が見える。背後を高い崖が囲み、両端の岩場が海に長く延びている。そこも人の姿があるが、大部分は砂浜と前の浅い水辺に散らばっている。やはり急な崖が続く対岸は遠く、ほぼ平らに延びる台地の端に灯台が白く光っていた。

「展望台まであと百メートルだって！」

若い女性が矢印の付いた標識を指差して、声を上げた。

「まだそんなにあるのか」

同じ年頃の男は顔をしかめたが、女性が前に進むとしぶしぶ付いて来る。二人は浩に気付くと目を伏せ、後ろを足早に通り過ぎた。

標識は十五メートルくらい先の木の幹に、針金で縛り付けてある。側に崖を下りる道があり、殆どの人がそこと灯台に通じる道を行き来していた。

浩は道の端に並んだ切り株状の腰掛に坐り、あたりを見ている。先程の斜面から展望台に上がり、木立の中の坂道を下りて、崖の端を歩いて来たのだ。前面は足元が急に落ち込んでいるが、背後は次第に高くなる山の斜面で、松などの木々が茂っている。梢を揺らす音が聞こえるだけで、風は体に殆ど感じなかった。


その後、浩は仕事を終えると、真っ直ぐ帰った。そして六時半から七時の間に夕食を済ませ、自室に戻る。それからラジオの英語講座を聞き、テレビを見る。そして八時、机に向かうのだ。引き出しから取り出すのは新しい大学ノートで、最初のページを開くと、ボールペンで記した細かい文字が全面を埋めている。『飛影』と題した小説で、自らの力を試すために会社を辞めようとする若者がテーマになる。ただ、まだ実行には至らず、その暗示で終わるのだ……。

書き出しは退社風景で、ラッシュを避けて駅前に出る主人公の人間関係を、時間の経過に沿って進めていく。しかし四ページの半ばで行き詰まった。やはり激しい頭痛である。いや、それに伴う睡眠不足が悪循環をもたらすのだ。もちろん会社の仕事は何とかこなすが、そんな状態で文章は浮かばず、またやっと絞り出しても満足できるものではなかった。

やがてため息をついて筆を置く。そして古いノートや書きかけの原稿用紙を取り出すが役に立たない。いや、もう同じ文体では書けないのだ。気を取り直してノートに向かうと、頭痛が強まった。

しかし諦める気はない。ただ、十年近く勤めると、仕事と両立させるのは難しいのだ。それで決断するなら三十までと決めている。そしてあと一年少々になったとき由美子に出会った。だから迷いが生じるが、初志貫徹の拘《こだわ》りは残るのだった。

由美子はその後の進展に関心を深めた。いや、浩の才能が気になるのだ。それで何度か証を求めた。

「まだ時間がかかる。それでこんな物でも見てみるか」

苦し紛れに数編の詩を渡したが、それで済むとは思わない。その後、また進展を聞かれ、苦笑して言った。

「やはり仕事と両立させるのは難しい」

「じゃあ、少しずつやればいい」

憔悴《しょうすい》した表情に同情したのか、薄く笑って頷く。しかし会社は生産性の向上を目的とする組織改革に取り組み、浩は専任の係になった。そしてまた残業が増えた。

「仕事中ごめん。母が急に入院するの。頼みたい事があるので昼休みに会える？」

一週間後、会社に電話が入った。タクシーで隣町の駅に行くと、旅行カバンを提げた由美子が待っていた。同居の祖母は弱っていたし、遠くに嫁いだ姉は小さい子供がいるので、彼女が行くしかないのだ。それで二、三の用事を頼まれ、アパートの鍵を預かった。しかし二週間の予定がさらに延びた。

「もう一度、手術するので今月一杯は帰れない。それでまた郵便物をお願い。いえ、鉢植えに水をやる時でいい。では、また電話する。あなたも何かあれば電話して……」

そして手術の成功を聞いたが、もう無理な仕事はできないと言う。

「それなら戻って来れないんじゃないか」

浩は悪い予感を覚えて言った。

「分からない。そのときはどうする？」

「家を継ぐの」

「私しかいないんだもの！」

「じゃあ、農業をするのか……」

声を落とすと、由美子は軽く言った。

「それで見合いの話が出た。でも、まだ決めた訳ではないの」

「そうか。よく考えたらいい。俺も考えるよ」

「ほんと？　でも、無理しないで」

「いや、一大事だから。しかし時間はまだあるんだろう？　もう少し様子を見るか」

浩は由美子が帰ってから話し合うつもりだった。ところが本人の決断は早かった。

「私、お婿さんを貰うことにした。だから見合いをしたの」

まさかと思ったが、一か月振りに顔を合わすと、そう告げたのだ。そして結婚を決めたと言う。

「あなたに迷惑を掛ける訳にいかないもの。でも、絵は続けるつもり」

「相手はどんな人？」

浩は顔を赤くして言った。

「隣村の農家の次男で、地元のガソリンスタンドに勤めている。歳はあなたより一つ下だけど、家の仕事をずっと手伝っていたので米も野菜も作れるの」

「それなら安心だ……」

浩は小さく笑って頷くしかなかった。

「これから帰ります。いろいろありがとう」

会社に電話があったのは、四日前である。駅のホームらしく、電車の到着を告げるアナウンスが他の騒音と共に聞こえてくる。

「あなたも頑張って。じゃあ、お元気で」

「あっ、ちょっと待って!」

浩は声を強めた。事態を変える言葉をふと言いたくなったのだ。

「なに? 早くして。電車が来たの」

その声で、また考えを変えた。

「いや、じゃあ、元気で」

早口で言うと、由美子はかすかに笑みを浮かべた気配を残して、電話を切った。


あの時引き止めたのは未練である。いや、最後のチャンスだったが何も言えなかった。それは先に電話を取った女子社員が、隣で聞き耳を立てていたこともあるが、いまさら事を荒立てても仕方ないと思い直したのだ。

浩は婚約を聞いたとき、試されているのを感じた。いや、由美子はそれが最善と判断して勝手に決めたのだ。それは浩のためというが、確かに農家の人間になるのはためらいがあるし、名字を変えるのも抵抗があった。それに何があっても初志貫徹と決めている。だからどんな経験も受け入れられるのだ。しかし多くは受動的なもので、自ら作ろうとは思わない。まして後で由美子が困るようなことはしたくなかった。それは自身の行動基準で、作家になろうと決めた時から固く守っている。つまり相応の倫理観は保持しているのだ。

由美子はそれをどう捉《とら》えたか知らないが、浩の本心を見抜いていた事になる。だからその後は、翻意を促《うなが》す言葉を弄したり、恨みがましい言い訳は一切しなかった。そしてその決断をいいことに、話題にするのを避けたのだ。ただ、悔やまれるのは仕事が忙しくなり、こちらから掛ける電話が減った事である。二度目の手術の後は、三日おきに行く由美子のアパートからする程度で、その三度目は家に多くの人の気配がして、早々に会話を打ち切ったのだ。

「もうすぐ帰れるので決まったら連絡します」

しかしいま思えば、あの時何かあったのだろう。由美子が電話をしてきたのは、こちらに帰ってからだった。

それから浩は由美子に触れなかったし、彼女も求めはしなかった。ただ、互いに探るような眼差しをして短く視線を合わせるのだ。そして由美子の休日の日、中都市のデパートに行き、ダイヤのピアスを買った。浩はもっと高価な物を考えたが、由美子がそれを選んだのである。それから一人で、引越しの荷造りを始めた。

結局、浩は由美子を捨てた。いや、自身を守ったのである。だから最後に行った喫茶店で、これからもしばらく同じ生活を続けると告げるしかなかった。

「私はあなたのおかげでコツが分かったけど、何かを表現するには経験と技術が必要ではないかしら。だからもっと勉強する……」

由美子は浩の能力をどう判断したのか、軽い笑みを浮かべて頷いた。そして翌日婚約者が来て二、三日泊まるというので、もう連絡はしなかった。

駅には彼もいたはずである。しかし彼女は電話してきた。いや、だからそうしたのかもしれない。それならもうこちらから連絡する事はできない。ただ、機会があるとすれば、自身の夢が叶ったときだろう。それはまだずっと先の気がするし、その時になったらどうするか分からない……。

「あと、百メートルよ」

またカップルの声がした。

その方向へ顔を向けると、小さな影が地上を横切った。激しく風を切る音が頭上に聞こえる。見上げると、カモメが二羽白い翼を震わせて飛んでいた。

「あ、カモメ！」

カップルは背後を通り過ぎたが、カモメは前の海面に出た。互いに前後を交代しながら沖へ向かっている。やがて左方の灯台に進路を変え、黒い点になった。そしてふと瞬きをした時、青い空に紛れて見えなくなった。

浩はなお目を凝らしていたが、深いため息をついて立ち上がった。

荷物はカメラを入れたショルダーバッグ一つである。肩に掛けると、岬を巡る細い道を街に向かって歩き出した。

五、桜地蔵

空は一面の灰色であるが、部屋の外は明るかった。

卓袱台《ちゃぶだい》で食事をしていると、母屋の引き戸が動いて、軽い足音が近付いた。

「奥さん、先に行っとるよ」

ガラス戸に細身の影を映したのは大家のお婆さんである。上部の透明ガラスに顔を寄せると、母は急いで立ち上がり戸を少し開けた。

「食事を済ませたらすぐ行きます」

「じゃあ、待っとるよ」

お婆さんは隙間から目を光らせて、左方に消えた。

「また行くん?」

正面の和夫は顔をしかめた。午前中も同じ用事で出掛けたのである。

「手伝いする条件で家を借りとるんじゃ。行かんにゃ嫌味を言われるからの」

母は戸を閉めて卓袱台に座った。

「嫌なお婆さん」

右の席の妹が首を振った。

「仕方ないよ。それよりはよ食べ」

母は先に終えて台所に立った。二人が食べ終わると茶碗を下げて、卓袱台を拭く。壁に立て掛けると、左の畳に寝かされた弟に紐を回して背中におぶった。それからタオルを首に下げ麦藁帽子を被る。上は白いシャツで下は紺のモンペ姿である。

「じゃあ、行ってくるで」

右脇に竹の籠を抱えて頷《うなず》いた。作業中は弟を中に入れ、畦道に置いておくのである。そして玄関からやはり左に行った。

和夫は土間に下りて外をのぞいた。空はなお曇っているが、頭上から左方はかなり明るかった。燕が二羽、目の前を横切った。母屋の玄関に巣があるのだ。すぐに母の横を抜けて前方に消えた。石垣の下方に水田が広がっている。そこは稲の苗が風に揺れていた。

母は石段を下りて生垣に隠れた。今度は遠くへ行くのである。和夫は軽い吐息をつき、部屋に戻った。

「兄ちゃん、何する?」

妹の声に、ガラス戸を開けた。濡れ縁の隅に新聞紙が畳んである。広げると細い竹片が現れた。朝から作っている竹トンボで、もう少しで完成するのだ。

「これを飛ばそう。すぐ出来るから待っとれ」

手前に引き出して前に座る。

「じゃあ、絵本を見とる」

妹は背後の畳に数冊の本を広げた。

和夫は小刀を握った。竹片は羽の形に薄く削ってある。角を丸め、厚みをなお均一にした。

竹トンボを見たのは、母の使いで郵便ポストに行く途中である。四、五人の男の子が農家の庭先で飛距離を競っていた。

「あ、あいつじゃ」

木の陰にいるのを気付かれ、慌てて歩き出した。

「おい！」

追って来るので急いで逃げた。みな小学生なので怖いのだ。しばらく行って振り返ると、再び竹トンボを飛ばしていた。しかし帰りは遠回りの道を注意して歩いた。

「かずおは人見知りをしていけんのう」

母がいても後ろに隠れ、子供たちには近寄らない。だから引っ越して三か月になるのに友達はいなかった。しかし竹トンボは欲しい。翌日、父に頼むと、一緒に作りながら教えてくれた。

「羽をきちんと削りゃあ、なんぼでも飛ぶぞ」

確かに父のはよく飛ぶが、母屋の屋根に掛けてしまった。しかし自分のは高く飛ばない。それで挑戦しているのだ。中央の穴に軸を挿して完成したのは、柱時計が一時半を打った時だった。

「できた？」

立ち上がると、妹が顔を上げた。

「ああ、見とれ」

中庭で、竹トンボを構える。掌の中で二、三度回して放すと、高く上がった。左は母屋で、奥に玄関がある。それは軒をかすめて前の敷石に落ちた。

「うわー、よう飛ぶね」

妹が手を叩いた。

次にそこから飛ばすと、濡れ縁に立つ妹の前に落ちた。それから和夫が飛ばすと、妹が走って取って来る。しかし庭は狭く、屋根に二度掛かりそうになった。

「お地蔵さんに行こうか」

和夫が水田の向こうに視線を伸ばすと、妹は庭の端に立って顔を向けた。そこはまた高くなり、手前に舗装のない道路が走っている。ほぼ正面に樹木に囲まれた境内があり、奥に急な斜面の山が続いていた。車が左に通り過ぎたが、道路や境内に人影はなかった。

「誰もおらんの」

「うん」

互いに頷き、石段の下を右へ行くと、畦道が境内へ真っ直ぐ延びている。右手は山に囲まれているが左は水田が広がり、手前の山裾に数人の人影が見えた。皆は一列に並び稲の苗を植えている。

「お母ちゃん、おるか」

「よう、わからん」

妹は眉を寄せて首を振った。

水田は細い畦に区切られて白く光っている。等間隔に並ぶ苗が幾何学模様を描き、上空を燕が行き過ぎる。風もときおり吹き、水と泥の臭いが鼻をついた。

妹が体を固くして立ち止まった。蛙が足元から跳び出したのだ。再び進むと、左右に水の輪ができる。

「今度はどっちかのう」

妹は左と答えたが、右に跳び首をすくめる。しかし次は当てて、明るく笑った。

「あっ、バス」

右の山あいから、国鉄バスが現れた。砂埃を上げて近くのカーブを曲がると、スピードを落として正面に止まった。降りたのは母親と小さい男の子で、バスが走り去ると、道の向こう側に歩き出した。

「お地蔵さんへ行くよ」

妹が顔をしかめた。

二人は境内に入り左に曲がった。奥に石のお地蔵さんがあり、手前の樹木に母親の上半身がちらりと見えた。子供は小さいので怖くない。和夫は軽く頷いて歩き出した。

道路は五十センチくらい高く、路肩に板で土留めをした階段が付いている。道端の草は砂埃で白く汚れていた。道路に上がると、左手に車が見えたので急いで渡った。

山水の側溝を挟んで桜の木に囲まれた境内がある。お地蔵さんは近辺で有名らしく、毎日人が訪れている。そして時にお供え物がある。それが饅頭なら失敬して口にする。それも楽しみの一つだった。

「兄ちゃん。さっきの人……」

橋を渡り、青葉の下を潜ると、妹が左に顎を振った。お地蔵さんの前に、母親がしゃがんで両手を合わしている。側に男の子が立っていた。

「行こう」

こちらを向きかけたので、急いで通り過ぎた。

境内に人の姿はなかった。正面は端が崖の山で、左に古いお堂がある。前は広く、右端に桜の木が並んでいる。中央で竹トンボを飛ばすと、妹が走って拾う。何度目か人の気配を感じて顔を向けると、男の子が桜の木の下で見ていた。母親が現れたがすぐにお地蔵さんへ戻る。お百度参りをしているのだ。

「一緒に遊ぶ?」

声を掛けると頷いた。歳は妹と同じ三つくらいである。しかし足元を見て動こうとしない。

「何しとる」

側に寄ると、山アリの行列が動いていた。中の黒い塊は死んだ毛虫で、巣穴が木の根元に開いている。和夫が笑って頷くと、男の子は頬を緩めた。

「アリが、虫を運びよる」

妹が首を伸ばしてしゃがむと、男の子は反対側にしゃがんだ。

「面白いね」

互いに頷き、目を輝かせている。

和夫は竹トンボを飛ばした。落ちたところへ走り、また広いスペースに飛ばす。それを繰り返していると、手元が狂った。それは崖の山に向かい、姿が見えなくなった。

「みちこ、ちょっと探してくる」

山を指差してお堂との間に入る。先は地面が落ち込み、鈍く光るレールが見えた。国鉄の線路で、急な斜面の山が向こうに続いている。横の山も線路側は垂直に削られ、残った斜面に細い道がある。下方の岩を上ると白っぽい土になり、線路側にススキの葉が並んだ。

その上に顔を出したときである。汽笛が鋭く響き、黒く大きな塊が目に入った。左右に白い蒸気を吐き、黒い煙を勢いよく吹き上げている。上りの蒸気機関車で、一瞬赤い顔をした運転手の鋭い目と合った。

和夫はとっさに身を沈めた。煤煙は頭上に広がり客車が続く。ススキの間からのぞくと、どの窓にも人の顔があった。しかしすぐにとぎれ、向かいの山が見えた。車列は急速に離れていく。煤煙が薄くなり顔を上げると、汽車は汽笛を鳴らして、水田地帯に入った。

「ねえ、これ猫よ」

妹の声がした。

首を伸ばすと、境内が見えた。男の子が地面をのぞき込んでいる。妹の得意な遊びで、次々に動物を描くのだ。和夫は軽く笑うと、急いで斜面を上った。

すぐに足元は緩やかになり、右手に低い樹木と茂みが広がった。竹トンボはこのあたりに落ちたのである。目を凝らしたが、見当たらない。なお上に進むと視界が開けた。

左は深く落ち込む石垣で、奥にコンクリートで造ったトンネルの入口がある。その黒ずんだ上部に白い人影を見て、また体を沈めた。それは若い女の人である。そっと顔を上げると、なお街の方を見ていたが、深い吐息をつき、腕時計を見た。そして顔を向けたので、頭を下げた。その表情はこわばり、肌も青ざめている。そのままこちらに歩いて立ち止まり、再び向こうへ行くので、和夫も振り返って視線を伸ばした。

急な斜面の山の先に水田が広がり、樹木に囲まれた農家が点在している。離れた二か所に田植えのグループがあった。遠くに街並があり、中程に灰色の煙が動いている。やがて下方に黒い車体をのぞかせると、家並みを抜けて水田地帯に入った。下りの蒸気機関車で、客車を長く引いている。こちらに向かって来るが、女の人から見えるかどうか分からない。しかし短い汽笛が二つ聞こえた。

女の人は顔を赤くし、目を見開いた。そして両手を組んで胸に上げた。

汽車は急な山裾に達し、また汽笛を鳴らした。もう十数秒で、ここを通るのだ。

「お姉ちゃん！」

和夫は茂みを飛び出し、前方に走った。狭いがほぼ平らな道である。

「来ちゃダメ！」

女の人は腕を強く振るが、もう止まれない。すさまじい響きが背後に迫っているのだ。

「危ない！」

肩を掴まれると同時に、鋭い汽笛が追い抜き、煤煙が激しく吹き付けた。素早く走り、大きな木の下に倒れ込むと、女の人が背中に被さり、音が低くなった。最後尾の客車がトンネルに入り、騒々しい響きが去っていく。車輪の音がかすかになると、女の人が言った。

「けが、しなかった？」

和夫が頷くと、体が離れ、横に抜けた。そのまま立ち上がり、両腕を広げると、女の人は小さく笑い草の上に坐り直した。そして軽いため息をつき、白い目を向けた。

「あんなことして危ないじゃない。落ちたらどうするの」

「お姉ちゃんが悪いんじゃ。あそこに立っとるから」

強く見返すと、顔を赤くし、頭を下げた。

「ほんと。お姉ちゃんが悪かった」

和夫は口元を緩め、女の人はまた頭を下げた。そして深い吐息をついた。しかし白いワンピース姿は美しい。それでそっと横に腰を下ろした。膝を抱え前方に視線を伸ばす。線路の幅だけ落ち込んだ向こう側は、急な山が横に広がっている。奥にさらに高い山があり、頂上にお寺の屋根がわずかにのぞいている。空は曇っているが、その先は明るかった。

風に木々の梢が揺れる。どこからか鳥の鳴き声が間遠に聞こえた。

「ぼく、名前は？」

不意に女の人が顔を向け、和夫は小さく名乗った。

「そう、かずおちゃんか。この近く？」

低く頷くと、小学生かと聞かれ、来年からと声を強めた。

「ここはよく来るの」

「ここ？」

「ごめん。お地蔵さんよ」

「それなら毎日来る。あっ、そうじゃ」

和夫は慌てて立ち上がり、竹トンボの話をした。すると女の人も手伝うと腰を上げた。

「どの辺？」

「こっち」

道を下りて、おおよその場所を教えると、女の人が言った。

「じゃあ、競争よ」

和夫は笑って頷き、少し離れた草むらに入った。しかしすぐに弾んだ声がした。

「ほら、これでしょ」

高く差し上げた手に、竹トンボが見える。急いで側に行き、礼を言って受け取った。女の人は先に見つけたので機嫌がいい。和夫も明るい声を上げた。

「じゃあ、一緒に遊ぼうよ」

二人が境内に下りると、妹が走って来て背後に首を振った。

「もう、帰るんじゃゃって」

向こうに男の子が立っている。先の出口に母親がいて、真剣な顔で言った。

「バスが来たよ」

男の子を手招くと、妹に笑いかけた。

「じゃあ、またね」

エンジン音が高まると、ボンネットバスの前部が現れて止まり、砂埃が前方に流れた。

「バイバイ」

乗るのは二人だけである。親子は窓から手を振り、桜の木に隠れた。

「行ってしもうた」

妹がため息をつくと、和夫は竹トンボで遊ぼうと声を掛け、共に境内へ戻った。

「いい？」

女の人の前で両手を強く動かし竹トンボを放す。それは高く上がり、数メートル先に落ちた。それを拾って渡すと、

「うまくいくかな」

両手に挟んで顔を赤くする。和夫が笑って頷くと、四、五回回して両手を勢いよく開いた。しかしそのまま足元に落ち、顔をしかめる。

「大丈夫」

和夫は素早く拾って渡し、再び手の動きを見せた。

「腕は動かさず、両手を強く離すんだよ。こういう風に」

女の人が真似ると、弱いが垂直に上がった。

「あっ、分かった」

それから上手になり高く飛ばした。和夫は妹の役をして、何度も走って届ける。自身も勧められたが首を振って断った。しかし妹が遠くで呼んだ。途中でお堂の濡れ縁に坐り、二人を見ていたのである。

「もう帰ろうよ」

眉を寄せて言う。

「ちょっと待っとれ」

和夫は顔を戻して、女の人に笑いかけた。そしてなお続けると、弱い泣き声がした。

「やめようか？」

「うん……」

いつの間にか西の空に太陽が輝いている。しかし境内の大部分は陰になり、夕暮れの気配が漂っていた。女の人は竹トンボを差し出して、明るく笑った。

「また遊ぼうね」

「お姉ちゃんも帰るん」

「うん。バスだから一緒に行こうか」

女の人は妹の頭を優しくなでた。そして手を取り笑顔を向けた。和夫も側に寄り、三人並んで境内を出た。

桜の梢に陽が当たり路上に影が伸びている。遠い水田は明るいが人影は減っていた。そして道路を行き来する人や自転車の数が増えている。

「どっち？」

バス停は両側にある。和夫が顔を上げると、女の人は右に顎を振る。

「それなら向こうじゃね」

しかし車が通ると砂埃がするので、バスが見えるまで境内側にいるのである。女の人は左に首を伸ばすと、ちらりと腕時計を見た。

「あ、時間を見てみようか」

向こう側は標識が立っているだけで、こちら側に板で囲ったベンチがある。中に時刻表が貼ってあるのだ。

「大丈夫、すぐ来るよ」

和夫が走り出そうとすると腕を掴まれ、引き寄せられた。

「それよりもう帰りなさい」

「家はあそこだよ。だから待ってる」

水田の向こうに山が連なり、麓に農家が点在している。和夫は正面の母屋と向き合った二階家を指差した。

「でも、いいから帰りなさい」

女の人は体を寄せて背中を押した。

「ね、さよなら」

そして強く頷くのである。しかし何となく心配で動けない。すると妹が明るく言った。

「さようなら！」

「うん、さようなら」

女の人は頬を緩め、手を繋《つな》いだ。そして三人並んで道を渡り、妹と和夫が路肩を下りた。女の人は笑って手を振り、向こう側へ戻る。トラックが下流に見えたのである。和夫も埃は避けたいので、急いで歩き出した。

「あっ……」

妹がまた跳び出す蛙に目を向けている。そのまま進むと、上流にバスの音がした。振り返ると、停留所に動く人が二人いた。しかし女の人はいない。さっきまで境内の入口に立ってこちらを見ていたのである。

——早く出ないと間に合わない……。

バスは近くのカーブを曲がった。もう停留所から見えるのである。和夫は目を凝らすが女の人は現れない。バスは正面に停まり、二人を乗せて走り出した。また境内が見えるが人影はどこにもなかった。

「お兄ちゃん」

妹が遠くで呼んだ。

「忘れ物じゃ。ちょっと行ってくるから先に帰っとれ」

和夫は手を振り、畦道を戻った。境内は山の陰になり、物寂しさが増している。

「お姉ちゃん！」

木の陰やお地蔵さんの周りを見たが姿はない。急いでお堂の横に入った。

山の上はまだ明るかった。お寺の屋根がのぞく稜線に陽が当たっている。先は雲が切れて青い空が見えた。竹トンボを見つけた茂みを過ぎて視線を伸ばすと、草むらに女の人が坐っていた。手鏡を手に、櫛で前髪を梳《と》かしている。

「お姉ちゃん！」

足を速めて前に立つと、軽く目を上げた。

「来たの。声がしたからそうじゃないかと思った」

「どうして帰らんかったん」

和夫は肩で息をしながら言った。

女の人は黙って口紅を引き直す。それから左の髪に櫛を入れて顔を上げた。

「すわる？」

「いい。お姉ちゃんが心配だから来たんじゃ」

「ありがとう。でも、用事があるの。だからまだ帰れないのよ」

「それはなに？」

「じゃあ、和夫ちゃんに頼んでみようかな」

女の人は目を合わすと、瞳の奥を妖しく光らせた。

和夫は小さく笑った。悪い予感がしたがいまさら断わる訳にはいかない。しかし女の人は瞳を微妙に動かすだけでなかなか言い出さない。

「ねえ、なに」

半歩近付くと、不意に腕を掴まれ抱き寄せられた。

「何でも言うこと聞く？」

大きく見開いた瞳が間近にある。甘みを帯びた息が顔に掛かり、軽く頷いた。

「じゃあ、お姉ちゃんと一緒に死のう」

やはりそうだった。竹トンボで遊ぶときも汽車は通った。そっと顔を見ると表情は変わらず音を気にする様子はない。それで安心したのだ。しかし思わず眉を寄せると、女の人は真剣な目をした。それで小さく頷いた。もう断れない。いや、下手に騒ぐといけないと思ったのだ。

「ほんと！」

すると頬を押し付け、強く抱き締められた。

「お姉ちゃんねえ」

やがて女の人が口を開いた。

「男の人に騙《だま》されたの。それで死にたくなったの。ね、ここ……」

手を掴み、下腹に導く。

「赤ちゃんがいるの。四か月だけど、このお父さんが悪い人なの」

和夫は頷き、女の人は声を強めた。

「赤ちゃんの事を話したら急に怒り出したの。別に女の人がいたのよ。そして結婚すると言うの。お姉ちゃんお金も貸していたから腹が立ったの。そしていろいろあってもう疲れた……。世の中嫌になったのよ」

「……」

「ごめん、こんな話つまらないよね。何か他の話をしようか」

女の人は優しく頷き、和夫は言った。

「じゃあ、汽車はいつ来るの」

「……あと七、八分かな。六時に駅を出るからもうすぐよ」

腕時計を見ると、また甘い息が掛かり顔を引き寄せられた。胸も弾力があり感触がいい。このまま軟らかい体に抱かれていると、もうどうなってもいいような気がした。

「お利口さんね」

しかしふと未練が残り、小声で言った。

「汽車に飛び込んだら痛い？」

「そうね……」

女の人は小さく笑った。

「でも、あっという間よ。お姉ちゃん抱いててあげるから大丈夫」

そして顔を胸に押し付けるのだ。

「かずおちゃん、死ぬのはいや？」

そう言われると心が揺れる。ここに越してくる前、隣の家の男の子がトラックに轢《ひ》かれて死んだ。皆が泣いていたのが目に浮かぶのだ。二つ上の元気な子供でいつも甲高い声が聞こえていた。しかしそれから隣の家が急にひっそりしたのを思い出すのである。

「死ぬと嫌な事はなくなるの。そして天国へ行くの。そこはいいところで楽しい事ばかり続くのよ」

女の人は声を高めた。

「ね、お姉ちゃんその方がいいの」

和夫は黙って頷くだけである。やがて遠くで鐘が鳴った。山のお寺が六時を告げているのだ。ふと見ると空が赤く色づいている。

「汽車、もう駅を出たね。あと二、三分でここに来るわ」

女の人が頷き、不意に体が震えた。

「かずおちゃん、怖い？」

「いや……」

怖くないと言えば嘘になる。しかしもうどうすることもできない。ただ、頬に掛かる腕を外《はず》して首を伸ばした。

黄昏の光の中に野が見える。家と樹木は濃い影になり、広い水田が空を映して赤かった。道に自転車と人が行き交い、家々の一部に炊事の煙が上がっている。それらは妙に美しく、懐かしいものに思えた。

不意に女の人が身じろいだ。汽車の姿を認めたのだ。

「かずおちゃん」

「うん……」

立ち上がって目を凝らすと、水田地帯を走って来るのが見えた。黒い車体に灰色の煙が勢いよく上がっている。その上部を夕日が赤く染めていた。それは山裾に迫り、汽笛を鳴らした。あと十数秒で全てが終わるのだ。すぐにすさまじい音が聞こえ目を閉じた。

「かずおちゃん」

かすれた声に顔を腹部に押し付けた。音は間近に迫り、汽笛が鋭く鳴る。同時に体が抱き上げられ顔をしかめた。しかし方向が逆である。

「逃げるのよ。早く！」

地面に足が着くと耳元で大きな声がし、背後を蒸気機関車が通過した。

「うわー」

前方に走ると、女の人も続き、大きな木の根元に重なって倒れた。

客車の最後尾がトンネルに入り、車輪の音が小さくなると、あたりは急に静かになった。

「かずおちゃん。ごめん」

沈んだ声がした。首を曲げると冷たいものが頬に落ち、顎《あご》に止まった。それを指で拭い、女の人が頭を下げた。

「ほんとにごめん。お姉ちゃんが悪かった」

見開いた目に涙が浮かんでいる。

「いいよ、そんなこと」

肩を上げると、女の人は上体を起こし、懐から抜け出した。その場に立ち、体を動かす。膝を軽く擦りむいていたが他はどこも痛くない。それにこうして生きている。

「ぼくは怒っとらんよ」

声を強めると、小さく頷き、手で涙を拭いた。その肘に土が付いている。

「あ、服が汚れとる」

「ここを付けていたからね」

それは手で払い、立ち上がった。そして肩と腰の周りをはたく。女の人も怪我はなさそうである。和夫は頬を緩めて言った。

「もう、帰ろうよ」

夕焼けは盛りを過ぎ、あたりはだいぶ暗くなっている。女の人はハンドバッグを拾い、周囲を眺めた。和夫は先に進んで山を下りた。境内はなお暗く、急いでお堂の前を過ぎると、

「かずおちゃん、待って」

女の人が呼び止めて、お地蔵さんに曲がった。正面で両手を合わすと、紙包みを手に戻って来る。

「お腹すいたでしょう。これ食べようよ」

お堂の前の平らな石に腰を下ろして、紐を解《ほど》いた。

「さっき、お姉ちゃんが上げたの。もう、役に立ったからいいのよ」

それは大福で、四個が二列に並んでいる。

「さあ……」

促されて手前の一つを掴み、口に入れた。軟らかい皮の内側に甘い餡《あん》が厚く入っている。

空腹のせいもあり頬が痺れた。

「どう？」

「うまい！」

満面に笑みを浮かべると、女の人も口に入れ明るく笑った。それから互いに大きく頬張り、それぞれ二つ平らげた。三つ目も勢いで食べたが、もう十分である。

「じゃあ、持って帰りなさい」

女の人が残りを包装紙に包んでくれ、二人は出口に向かった。

「遅くなったね。帰ったら叱られるんじゃない」

「まだ平気じゃ」

道路に出ると、何軒かの家に明かりが点いていた。正面の二階家も台所に明かりが見える。

中庭や前の道に目を凝らしたが、人の姿はなかった。

「かずおちゃん、家近いからいいね」

「うん」

しかし先に帰る気はない。向こうに学生風の男が一人いるので左方を見ると、補助灯を点けたバスが曲がり角に現れ、二人は急いで道を渡った。

「かずおちゃん、ありがとう」

女の人は両手を掴むと、表情を改めて言った。

「お姉ちゃん頑張るから心配しないで。今度また竹トンボやろうね」

バスは停まり、男の人に続いてステップに上がる。

「さよなら」

笑って振り返るとドアが閉まった。動き出した窓越しに手を振る。しかしすぐに人の陰に隠れ、バスの後部が見えるだけになった。車内を照らす明かりが小さくなっていく。やがて左に曲がり水田の向こうへ遠ざかった。

和夫は深い吐息をつくと、急いで畦道に下りた。一人になるとやはり遅くなった事が気になる。しかし中庭に大小の人影が現れた。

「おーい」

二人も気付いたらしく大きく手を振る。父と妹である。

「おーい」

和夫は腕を高く上げた。その手に大福の包みがある。さらに大きく振ると急いで走り出した。

その二十四年後、和夫はバスを見送った旧国道に立っている。そこはもう舗装されているが、細長く並ぶ空地の隣に新しい国道ができて、多くの車が行き交っている。そして狭くなった水田を挟んで、やや古びた母屋と二階家が、ほぼ正面に見えた。いや、左右に家が密集したので、目を凝らして見つけたのだ。それに下流の山裾に新しい家並みがあった。

あのとき女の人が中止した理由はよく分からない。しかし命を失う危機感を覚えた事は脳裏に残っている。ただ、父に叱られたかは、おぼろであるが、二個の大福は一つを妹が、残りを父と母が分けた気がする。そしてまたお地蔵さんで遊んだが、その姿を見る事はなかった。

やがて市営の住宅が見つかり、再び引っ越した。そこは大きな川が二本間にあるので、高校生になるまで来る機会はなかった。それもバスで二度通っただけであるが、家のある方ばかり注視して、お地蔵さんは通り過ぎた後に気付くのだった。

やはりあの経験が影響したのだ。もちろん生きる幸運を喜んだが、その逆も考え、本能的に避けたのである。そして人生の岐路が再び来た。和夫は本当にしたい事を望んで、十年近く勤めた会社を辞めたのだ。そして久しぶりに実家でくつろいだとき、お地蔵さんを訪ねる気になったのである。

境内は意外に狭かった。裏山は削られて低い台地になり、周囲の桜も若く細い木に変わっている。ただ、子供の背丈くらいだった石のお地蔵さんは二メートルを越える立派な銅像になり、お堂も新しいものが立っていた。

「早く投げろよ」

竹トンボを飛ばした場所で男の子が三角野球をしている。横に女の子が二、三人立っていたし、小さい子供も走り回っている。

和夫はその横を進み、低く残った岩の上に立った。

線路は思ったより遠くにあり、急な斜面の山も離れている。麓に畑があるが、水田地帯はほぼ埋め立てられて、小さな工場や民家が建っていた。中を突っ切る国道の左右に大型の店舗や事務所が並び、多くの車が行き交っている。

和夫はあたりを見ながら時間を潰した。何度目か視線を伸ばしたとき、それは野の彼方に現れた。オレンジ色に塗られた二輌のディーゼル車両である。

思わず笑みを浮かべて目を凝らした。あの日の汽車のように近付いてくるが、玩具のようで実感が湧かない。やがて目の前を軽やかに通り過ぎ、切通の先のトンネルに吸い込まれていった。

和夫は眉を寄せて深い吐息をついた。まばらな客が窓に見えるだけだったのだ。それから周囲を眺めると、低く頷いて岩を下りた。すると足元にボールが転がって来た。軟らかいゴム製である。拾って投げ返すと、

「すみません」

男の子が帽子を取って頭を下げた。

和夫は軽く笑って歩き出した。横の駐車場に父から借りた車を停めている。道に出ると大型バスがスピードを落とさず通り過ぎた。塗装が黒から青に変わった国鉄バスで、左右に人家がない道を駅の方へ走っていく。停留所に乗降客がいなかったのだ。それにいまは市営や民営バスも動いている。その一つが走って来るのが見え、その先に視線を伸ばした。

国鉄バスは大型の店舗や事務所の前を他の車に混じって通り過ぎていく。すぐに家並みに隠れるが、最後まで見届けずに顔を戻した。

こうして一区切り付くと、気になるのは自身の今後である。もちろん相応の努力をするが、目標が手強いのでどうなるか分からない。

――まあ、なるようになるか……。

和夫は父の車に向かうと、わずかに苦笑して晴れた空を見上げた。

あとがき

本書は、一部に水辺の風景を取り入れた各編をまとめたものです。

その大は海で、次に大小の川、用水に側溝、溜池に水田といろいろ登場します。水は洪水のように暴れて住民を苦しめる事がありますが、多くは低地に静まり、ただ空を映しています。それは周りの風景を整え、住民の心を落ち着かせます。しかし岸辺に佇む人間には様々なドラマが展開します。以下簡単ですが、それぞれの概要と関連を紹介し、役目を果たしたいと思います。


「潮騒」は三十歳を過ぎた男女が三角関係の末に結ばれるだけで、まだ人生の転換は来ません。ただ、今後の二人は期待できますがそれは別の話で、ここでは連作の入口の役割を任せました。

「幼年」は時代と年齢が遡りますが（男の子は小学五年生）、子供時代の生活や特異な体験が、その後の思考や性格に影響する場合が多いので、一つの歴史のエピソードとしてここに入れました。

「人形」は厳格な美意識を持つ若い女性が、ある経験をして、生物としての人間（経年変化をします）をいいと思い直す話です。ここに登場する男も人生の転換を志しているのですが、女性の変化に対応します。

「岬」はやはり人生の転換を考える男が主人公で、ここではより具体的に話が進みます。そして絵描きの女性と縁ができますが、彼女の家庭の都合で共に生活を変える問題が生じます。これは男に迷惑な事で、判断を伸ばしている内に、彼女が決着をつけます。それで男は一人岬を訪れ、共に過ごした日々を回顧し、初志貫徹を誓うのです。

「桜地蔵」は最も古い年代になりますが（主人公は五歳の男の子）、その二十四年後も登場し、風景や境内の変化に目を見張ります。そこで特異な体験をしたため、同じ市内でも足を向けなかったのですが、数日後、新天地を求めて故郷を出ると決めた時、訪ねてみたくなったのです。そしてむしろ懐かしさを覚え、新天地への静かな闘志を燃やすのです。

最後に、各編には水辺の風景以外、**男性の主人公に芸術志向がありますが、いずれもまだその長い途上にあるのをお伝えして終わりにします。**

二〇二四年　初秋

石兼　章

著者プロフィール

石兼 章（いしかね あきら）

昭和19年（1944）、山口県に生まれる。
昭和39年（1964）、岩国商業高校卒業。
同年、三井石油化学（現三井化学）に入社。
2年後、千葉県へ転勤し、昭和48年（1973）退社。一旦故郷に帰る。
昭和51年（1976）、神奈川県に移住。詩人や画家志望の友人を得る。
その後、不動産会社に勤めたり飲食店の手伝い等をしながら文学を志す。
平成18年（2006）、岩国市に戻り、同市「火山群」、山口市「文芸山口」の会員を経て、現在フリー。
【既刊書】『妖精の川』（2019年4月　文芸社刊）
『錦川残照』（2020年3月　文芸社刊）
『錦川黎明』（2021年10月　文芸社刊）
『風雲』（2022年10月　文芸社刊）
『マドンナの部屋』（2023年11月　文芸社刊）

人形

2024年10月15日　初版第1刷発行

著　者　石兼 章
発行者　瓜谷 綱延
発行所　株式会社文芸社
〒160-0022　東京都新宿区新宿1－10－1
電話　03-5369-3060（代表）
03-5369-2299（販売）

印刷所　TOPPANクロレ株式会社

ISBN978-4-286-25707-5　JASRAC 出 2405822-401